思想断章

李雪涛 著

Coniectaneum

Meditationum

华东师范大学出版社

图书在版编目(CIP)数据

思想断章/李雪涛著. —上海:华东师范大学出版社,2017
ISBN 978 - 7 - 5675 - 7235 - 5

Ⅰ.①思… Ⅱ.①李… Ⅲ.①小品文－作品集－中国－
当代 Ⅳ.①I267.3

中国版本图书馆 CIP 数据核字(2017)第 296876 号

思想断章

著　　者　李雪涛
策划编辑　王　焰
项目编辑　朱华华
特约审读　陈　才
责任校对　林文君
装帧设计　崔　楚

出版发行　**华东师范大学出版社**
社　　址　上海市中山北路 3663 号　邮编 200062
网　　址　www.ecnupress.com.cn
电　　话　021 - 60821666　行政传真 021 - 62572105
客服电话　021 - 62865537　门市(邮购)电话 021 - 62869887
地　　址　上海市中山北路 3663 号华东师范大学校内先锋路口
网　　店　http://hdsdcbs.tmall.com

印 刷 者　上海盛通时代印刷有限公司
开　　本　890×1240　32 开
印　　张　10
字　　数　200 千字
版　　次　2018 年 3 月第 1 版
印　　次　2018 年 3 月第 1 次
书　　号　ISBN 978 - 7 - 5675 - 7235 - 5/G·10809
定　　价　48.00 元

出 版 人　王　焰

(如发现本版图书有印订质量问题,请寄回本社客服中心调换或电话 021 - 62865537 联系)

目　录

001　　**凡例**

001　　**前言**

001　　**如是吾闻**

033　　**美与忧郁**

055　　**时间-空间**

077　　**四海之内**

105　　**知识分子**

129　　**过眼云烟**

159　　**多层意义**

221　　**自我-他者**

255　　**生死之间**

273　　**历史记忆**

285　　**附录**

286　　**1. 人名索引**

295　　**2. 篇名索引**

凡 例

1. 中文的先秦作品、古诗词，只列出篇名和著作名。本书作者认为的部分校勘得比较好的版本，也会以页下注的方式出注。

2. 汉译佛典在正文中给出作者、译者、篇名等信息，个别也尽注出《大正藏》(《大正新修大藏经》，高楠顺次郎、渡边海旭发起，小野玄妙等组织编辑校勘，东京：大正一切经刊行会，1934 年)中的出处，如"大正藏 19—111a"所指的是《大正藏》卷 19，第 111 页，第 1 栏。

3. 西文的古典作品，也按照西方古典学通行的方式，在文中出注。所使用的中文《圣经》版本是"联合圣经公会"(新加坡、马来西亚)1988—1989 年出版的新教中文《新标点和合本圣经》。按通用的方式，只注明章节名，而不注明页码。

4. 其他所有中外文的图书，均按规范做页下注。第一次出现时给出完整的信息，其后出现则以简注方式，给出著者或译者、著作名及页码等基本信息。

5. 书后附有"人名索引"和"篇名索引"。"篇名索引"仅列出作者或译者、篇名或著作名，详细信息见相应的注释。

前言

一

中学的时候就喜欢看文言的小品文,一则尽管常常是寥寥数语,但会把一个想法说得非常清楚,也有异常丰富的想象力。其中的一些比喻也常常让我拍案叫绝。上了大学之后,时间渐渐多了,于是就买来《阅微草堂笔记》等读,觉得非常过瘾。

我的博士论文写的是宋代的僧人赞宁(919—1001)。波恩大学汉学系的陶德文(Ralf Trauzettel,1930 -)教授因为研究宋代的笔记,购买了很多各种各样的历代笔记丛刊。在波恩的那几年中,我读了诸如赞宁的《笋谱》等很多这类的书。

人生有很多一闪而过的念头,有一些以后也许会重新浮上来,有些则可能永远沉寂下去了。这让我想起了宋代陈起(宋宁宗[1195—1224在位]时乡试第一名)的两句诗:"吟得诗时无笔写,蘸他春水画船头。"(《夜过西湖》)今天当然不需要以船头为诗笺了,手机或 mini-pad 都可以很容易地留下文字。不过我还是在办公室和家中准备了多个小的札记本,以便随时记下来转瞬即逝的思想变化的轨迹。

刘定之(1409—1469)曾经记载过刘实喜著书的故事:"中夜有得,蹴童子燃灯,起书之,如获至宝。"①尽管没有童

---

① 吴应箕辑:《读书止观录》卷三,《贵池先哲遗书》本。

子点灯，但半夜忽然心有所得，如获至宝般地写下来的情景，在我这里也还是有的。

这样类似于随笔的文体实在好，可长可短，随时想到什么，读了什么，有所感悟的话，可以马上记下。

当一切都在你的鼠标和手机的掌控之下可以达到的时候，人更需要在自己的生活中保留一个空间——一个与艺术、历史、文学、哲学相遇的空间。读书、思考、与人交谈，这些无论如何也不能为 QQ、微信、Facebook、Twitter 所替代。遗憾的是，如今好像每个人的压力都很大，被挤压之后留给阅读的时间都是零碎的，同时阅读的内容也不断碎片化，很多人已经无法安静地读一本小说了，甚至缺乏阅读一篇长文章的耐心。年轻人必须随时查看微信，不然就会神经紧张，无法集中注意力。到处充斥着垃圾一般的文字：完全没有审美的废话、毫无幽默感的俏皮话、自作聪明的顺口溜……铺天盖地地将人们湮没。真是"世界之大，已经安放不下一张平静的书桌了"。

二

我在这些小品文中，本来也无意要表达所谓完整、系统、客观的道理。尽管袁枚（1716—1797）说"阿婆还是初笄女，头未梳成不许看"（《遣兴》其五），但我还是愿意将自己的思考过程以及供思考的原材料拿出来给大家看，目的自然是要引起读者们作进一步地思考。我从来不认为，有谁可以告诉我们什么是真理。从某种程度上来讲，我们都是"井底之蛙"。（《庄子·秋水》："井蛙不可以语于海者，拘于虚也。"）前些日子在南朝宋的画家王微（415—443）的《叙画》中读到：

"目有所极，故所见不周。"每一个人只有自己的视角，只有神是全方位的，可以有不同的视角，进而能透视一切。但没有谁是神！英文中也有一句话说："There is always more to a thing than meets the eye."意思是，我们的视野始终是受限的。既然是井底之蛙，就应当有自知之明。并且这些思考都是 ad-hoc（为此时此地某一特定目的的）性质的。我只想抛砖引玉地提出一些想法和问题！

这两年因为行政工作比较繁忙，很难有大块的时间构思逻辑性强的文章或专著，而小块的时间却很多。于是我会将这些时间用来思考一些问题，也将这些想法记下来。时间长了，于是就想出版一本《思想断章》的小册子。

但无论如何，我的"主业"依然是大学教师，某一学科大的问题意识的逻辑性演进，依然要通过比较长的论文或专著来完成。以小品文的笔法写就的这些文字，固然可以成为思想的火花，但却很难从中展开和推进更深层的研究。我从来不认为小品文可以替代其他，最多是对一些其他文体的补充。

三

有一年过生日，我同时收到朋友送我的两本《雪涛小说》。江盈科（字进之，1553—1605）的小品文深深地吸引了我。当时就想将以往写的一些小品文编一本《雪涛谈丛》，这当然是受到了进之的影响。后来我读到在拉丁文中有一种 Miscellanea Resta 的说法，意思是"其他杂录"，我认为"Miscellanea"（杂录、小论文）非常合适我的这些"小品文"。我之前觉得，如果用《阅微草堂笔记》中"槐西杂志"的"杂志"两字来翻译这个拉丁词是再贴切不过的了，但在现代汉语中,"杂志"又有了其他的固定含义。前些天,小枫教授将他的《西学断章》送给我[1],我觉得"断章"正是我想要表达的中文意思。帕斯卡尔(Blaise Pascal, 1623—1662)的 *Les Pensées*(1670),在德文中被翻译成"Gedanken"。[2] 这部书在中文里被翻译成《思想录》。于是我便决定将这本小书的书名定为《思想断章》。后来跟我的同事麦克雷(Michele Ferrero)商量的时候,他却给了我另外一个拉丁语的名称:coniectaneum meditationum。

我在做雅斯贝尔斯与海德格尔交往研究的时候,仔细研读了雅斯贝尔斯的笔记《海德格尔札记》[3],同样非常受启发。当然,不论是帕斯卡尔的《思想录》,还是雅斯贝尔斯的《海德格尔札记》,都是他们去世后(posthum),由后人整理的。

由于是将不同时段的不同层次的思考放在了一起,对于我来讲视野的开放性非常重要,因此这些"思想断章"很难搭建起一个体系,对这些材料进行系统、充分地分析,或予以严密地论证,也绝非易事。人的思绪有时如江河直下,纵横恣肆,一泻千里,有时又三弯九转,隐晦曲折。苏轼(1037—

---

① 刘小枫:《西学断章》(*Miscellanea de disciplina occidental*),上海:华东师范大学出版社,2016 年。

② Jean-Robert Armogathe(Hrsg.): *Gedanken über die Religion und einige andere Themen*/Blaise Pascal. Reclam(RUB 1622), Stuttgart 1997; *Gedanken*. Übersetzt von Ulrich Kunzmann. Kommentar von Eduard Zwierlein. Suhrkamp(＝ Suhrkamp Studienbibliothek. Bd. 20), Berlin 2012.

③ Karl Jaspers, *Notizen zu Martin Heidegger*. Herausgegeben von Hans Saner, München/Zürich: R. Piper & Co. Verlag, 1978.

1101)说："如行云流水,初无定质,但常行于所当行,常止于不可不止,文理自然,姿态横生。"①这里包含着诸如时间-空间、过眼云烟、如是吾闻、美与忧郁、知识分子、历史记忆、生死之间等诸多主题。我也希望借此勾勒出这些年来思想发展的轨迹。

尽管读者可以从第一页开始读这本书,但实在没有必要按照每一部分的顺序通读全书。每一部分的结构是松散、开放的,可以随时翻开一页来读。以前在读文学的时候,知道文学作品的形象常常大于思想。这些"跨界"的思考也往往可以作"他解"。

四

伽达默尔(Hans-Georg Gadamer, 1900—2002)对"阐释学循环"(hermeneutischer Zirkel)做过精彩的论述,他认为这是理解必不可少的条件之一。所谓阐释学循环,是指这样一条规则,即在理解中,必须根据构成文本的各个部分来理解文本整体,又必须根据文本整体来理解文本的各个部分。这是一个循环往复的过程。部分-整体的对立统一关系,在中医中也有体现:中医认为,局部实际上是一个个小的整体,同时每个局部问题其实都与那些整体的根本性大问题紧密相连的。因此,如何以一种关联性来理解这些"思想断章",我觉得是以自己的经验重新将之激活的过程。

近代以来,传统中国文化在与以西方文化为代表的近现代文化间的相互碰撞中,形成了今天的中国文化形态。这之

---

① 《苏轼集》卷七十五《与谢民师推官书》,明海虞程宗成化刻本。

中体现了其不断自我认识、自我界定、自我批判、自我超越的努力。各种思潮也不断地将未来的挑战与传统的重构结合起来。所谓的"重构"（Rekonstruktion），是从今天的问题意识出发，重构文化传统所蕴含的对今天有意义的潜能，以一种批判的意识对待传统，才能使传统具有应有的活力。重构历史不是往回走，而是向前进，将历史中对当代有价值的因素激活。如果这种现代性的转换成功的话，那么说明中国文化传统中存在着对于今天依然有价值的资源。

文化之有活力在于不断地将"他者"包容进来，让"他者"挑战自己，从而不断激发出各种各样的新思想、新理论。美国历史学家威廉·麦克尼尔（William H. McNeill, 1917—2016）认为，与外来者的交往是社会变革的主要推动力。"当与外来者接触，不同的思想和行为方式由于受到关注而被迫彼此竞争的时候，同样也是这些创造最为兴盛的时期。"[1]佛教传入中国之后，5—6世纪时《弘明集》的产生；16世纪末天主教进入中国之后，中国知识分子的多元反应；19世纪中叶以来西方思想文化和科学技术的译入，使中国真正进入了近代社会……我们无法绕过当代的学术思想而去接续自己的文化传统。

全球史谈去中心化和互动。这些年来，不论是德国的汉学研究，还是今天面对的更为广阔的近代中国与世界，我一直强烈地感受到的是与各种思潮之间的碰撞和交流。因此，一种宏阔的思考，对人类的整体关怀也成为了我思考的基点。

---

① 麦克尼尔：《变动中的世界历史形态》，夏继果、本特利主编：《全球史读本》，北京：北京大学出版社，2010年，第10页。

今天我将近年来写的这些"思想断章"重新整理分类时，也在思考这样的问题：我当时为什么会对这些问题感兴趣呢？又是在怎样的思想和历史脉络下来思考这些问题的？我想，做了一些基本的分类后，从中还是可以看出一个内在的理路来。但无论如何，这些分类都不是绝对的。

五．

"轴心时代"以来，人类历史上好像没有哪个世纪像 20 世纪一样是一个价值重估的时代。从尼采（Friedrich Wilhelm Nietzsche, 1844—1900）的"重估一切价值"（Umwertung aller Werte），到五四运动的"打倒孔家店"，"文革"时的"砸烂封资修"等等，人们不禁要问，人类的文明和文化传统还可以通过哪些方式得以存在下去？

1914 年 5 月，瑞典地质学家安特生（Johan Gunnar Andersson, 1874—1960）应北京政府之邀来华，担任"中央政府矿政顾问官"，主要工作是协助开展煤矿及其他矿产的调查。1916 年，袁世凯（1859—1916）去世后，安特生开始专注于古生物化石的收集和整理，几项真正揭开了中国近代考古学序幕的重大考古发现，包括周口店北京人头盖骨化石以及河南渑池的仰韶新石器时代人类遗址，都可算是安特生的功劳。

1925 年，安特生回到了瑞典，1926 年，他用瑞典语写了一部有关中国的著作——《龙与洋鬼子》一书。[①] 在论及到

---

① Johan Gunnar Andersson, *Draken och de främmande djävlarna.*
452(2) p., 2 portraits, 1 map. Stockholm: Bonnier. 1926.

中国文化的传统时,他写道:

> 一方面,革命曾经是在重新布局的艰难道路上向前迈进的一小步,另外一方面它意味着大量审美价值的毁灭。皇权时期所具有象征意味的一切,都毫不顾忌地被毁掉,直至其艺术内涵。了不起的龙旗也必须要让位于代表"五族共和"的一块五角布,在皇帝时代官员们的穿戴是严格地按照国家样式设计的华丽官服,而现在的官员却穿着马褂,戴着圆顶硬礼帽。所有这些之中最让人害怕的是建筑风格,被称作"半外国型"(semiforeign),所显示的是完全不负责任的庸俗、丑陋。

> 审美观的没落,古代对于格调的自信感受,以及商店和住房正面外墙上无用的装饰,几乎让我感到比内战以及没有固定的政府更让人忧虑。①

安特生所担心的是中国文化传统中审美的丧失。生活在今天的中国人,可能很少有人会重新思考宋元山水的境界吧!如果我们读古诗的话,其中的含蓄内敛的审美,也很少能为当下的快餐文化所理解。我想这也是我为什么会特别重视古典诗词歌赋的原因。这些理应是我们的"教养"(Bildung)的一部分。

1931 年 2 月,吴宓(1894—1978)在巴黎访问伯希和

---

① Johan Gunnar Andersson, *Der Drache und die fremden Teufel*. Mit 208 Abbildungen und einer Karte. Leipzig: F. A. Brockhaus, 1927. S. 154.

(Paul Pelliot, 1878—1945)后，在他的致友人的书信中写道："然彼之功夫，纯属有形的研究，难以言精神文艺。"①尽管研究汉学的人很多，但真正能够深入中国精神之堂奥者，毕竟微乎其微。对于中国艺术、文学的把握，是传统文人高远意趣、悠长韵味的体现。林语堂（1895—1976）说："我几乎认为，假如没有诗歌——生活习惯的诗和可见于文字的诗——中国人就无法幸存至今。"②可见，审美是化作血肉存在于中国传统知识分子的身体之中了。

六

两年前，我从德国汉学研究（学术史的研究）转到了全球史的研究，最重要的一点是可以通过自 1500 年以来的近现代全球历史的内在发展脉络，给中国现代性历史经验做一个比较恰当的定位。海外汉学仅仅是西方学术一个很小的方面，我们今天应当考虑的问题是如何通过对当今诸如去中心化、互动等的讨论，而把握世界学术之大势，真正参与到当代世界学术前沿问题的探讨中去，同时也对西方一些所谓普遍性的概念提出修正的意见。

类似的"思想断章"并不是可以"硬"写出来的，大部分都是在读书和思考的过程中自然而然地写就的。就像是张载（1020—1077）所说的"存，吾幸事；没，吾宁也"（《西铭》）一

---

① 吴宓著，吴学昭编：《吴宓书信集》，北京：生活·读书·新知三联书店，2011 年，第 181 页。

② 林语堂著，郝志东等译：《中国人》，杭州：浙江人民出版社，1988 年，第 212 页。

样。因此这根本也不是出版社或编辑约稿能约出来的选题。感谢华东师范大学出版社的王焰社长，前些日子她来北京，我向她提起这样一本书的想法，她欣然答应。我想，这本"思想断章"放在这样一家有学术传统的大学出版社是再恰当不过的了。

尽管今天有这样的结集出版，但这样的思考本身是永远不会结束的。

2017 年元月于北外全球史研究院

如 是 吾 闻

后 习 俗 层 次

　　读《嚼梅吟》(八指头陀著)胡飞鹏之跋,曰:"予癖好经史,而不满道学;亦爱究内典,而独不喜僧人。诚以僧人学佛而辄背驰夫佛,亦犹之道学希圣而动多漓圣也。"[1]从哈佛大学教授、著名心理学家科尔伯格(Lawrence Kohlberg, 1927—1987)的理论来看,很多信众尚处在所谓的"习俗层次"(conventional level)阶段,仅仅重视佛教的角色伦理。实际上唯有超越之"后习俗层次"(postconventional level),亦即从外部观察社会,不受其他个体、群体和制度之价值观左右,才是真正佛之道。[2]

---

[1] 八指头陀著,梅季点辑:《八指头陀诗文集》,长沙:岳麓书社,1984 年,第 531 页。

[2] 请 参 考:Lawrence Kohlberg, "From Is to Ought." In: Th. Mischel, ed., *Cognitive Development and Epistemology*. 1971, pp. 164—165 and Lawrence Kohlberg, "The Philosophy of Moral Development". In: *Essays on Moral Development*. Vol 2. 1. San Fransisco: Harper & Row, 1981, pp. 409—412.

习 俗 层 次 与 东 野 圭 吾 的 小 说

"习俗层次"着重在效力于家庭和国家的角色伦理。具体说来,这一层次的人的行为和判断是直接以一种异化的方式,经由自我认同与他律性的规则和标准而定向。其目的不仅是适应既定的秩序,而且还是为了秩序而维护秩序。如果我们读东野圭吾的小说的话,就会发现很多的杀人事件,都与所谓的道德他律有关。《恶意》的故事是由于校园暴力事件引起的,野野口曾经帮助其他同学共同施暴,尽管他只是一个小小的配角,但却意外地被拍摄了施暴的过程。后来他不惜制造伪证,通过杀人手段来保全自己"上流"社会的名声。①

《毕业》中的藤堂为了跻身于上流社会,杀死了"背叛"自己的女友祥子——而此时的祥子已经割腕自杀了,原因仅仅在于如果此事败露的话,会影响到藤堂的前程……②

只有进入了"后习俗层次"才能始终清醒意识到,道德与陈规、法律之间发生冲突的可能性。始终可以清楚地认识到,生命是最重要的。家庭与社会的角色伦理尽管重要,但与生命比较起来,只能让位于第二。

---

① 东野圭吾著,娄美莲译:《恶意》,海口:南海出版公司,2009 年。
② 东野圭吾著,黄真译:《毕业》,海口:南海出版公司,2012 年。

角 色 伦 理 与 性 别 认 同 障 碍

东野圭吾的《单恋》所讲述的是一个超性别和易性癖人群的故事。两个因为有着"不正常心态"的女生,服用安眠药在教堂的草坪上双双自杀,作者就此写道:"一个是以女人的心态爱着另一个女人,另一个则是以男人的心态爱着一个女人,自己却是女性,为此痛苦不堪。虽然最后的结果都是自杀,但两人走到这一步的过程却截然不同。可以确定,逼迫他们的就是所谓的世俗伦理。然而,被称为伦理的东西也未必能指引人们走上正确的道路。大多数情况下,那只是社会上的一般想法,没什么深刻的道理。"①其后东野又通过酒吧经营者相川说出了对社会的看法:"可悲的是当今的社会满是关于男人该如何女人又该如何的规矩。外貌上也是,从小在那种环境中长大的人难免会认为自己不是本来该有的样子,讨厌大而圆润的乳房也情有可原。我认为不存在性别认同障碍这样的疾病。该治疗的是想要消灭少数派的社会。"②在很大程度上,病态的并非这些超性别和易性癖的人群,而是社会的各种不宽容的陈规。

---

① 东野圭吾著,赵峻译:《单恋》,海口:南海出版公司,2016 年第 2 版,第 209 页。
② 东野圭吾著,赵峻译:《单恋》,第 221 页。

隔江和泪听，满江长叹声

每次读到雅斯贝尔斯（Karl Jaspers，1883—1969）的《海德格尔札记》（*Notizen zu Martin Heidegger*，1978）都让我感动不已，他们之间常常是心有灵犀，尽管纳粹之后在书信中往往看到表面的隔阂，但从内心深处来看，再没有哪两个知识分子有他们那样的心心相印，这令我想到元代张可久（约1270—1348以后）的词句：江上何人捣玉筝？隔江和泪听，满江长叹声。（《凭阑人·湖上》）

海德格尔（Martin Heidegger，1889—1976）的很多哲学著作，雅斯贝尔斯都用心阅读过，雅斯贝尔斯将海德格尔的著作看作是自己哲学思考的尺度，仿佛是那江上弹奏玉筝之人；而雅斯贝尔斯在大江那边不着声响地倾听着，之后满江发出了一片长叹声，这是知音发出的共鸣。也只有如此才能解释，为什么几十年来，雅斯贝尔斯一直默默地对着自己写着他的海德格尔札记。

今月亦曾照顾彬

读李白的诗句"今人不见古时月，今月曾经照古人"(《把酒问月》)突然想到，这曾经照过李白的古时月，今天也同样照着了顾彬(Wolfgang Kubin, 1945—)，不知道他是否由此悟到了什么？

莫抛心力作学者

我的一个硕士生论文做得非常好，本来是想让她继续做博士论文的，但前些日子她来找我说，她要报考公务员。尽管觉得可惜，但我还是理解，做学问能有什么出息。想到温庭筠(约812—866)的诗句："今日爱才非昔日，莫抛心力作词人。"(《蔡中郎坟》)清代的黄景仁(1749—1783)在《癸巳除夕偶成》中写道："枉抛心力作诗人。"可以看出，在任何时代，做知识分子是不会有什么出息的。记得上大学的时候，在《读书》上读了金克木(1912—2000)的一篇文章《百无一用是书生》①，的确有道理。所以我觉得这个学生的选择，不一定是错的。

① 金克木：《百无一用是书生——〈洗澡〉书后》，《读书》，1989年第5期，第5—10页。

洒 脱 的 人 生

读到一副对联：得一日粮斋，且过一日；有几天缘分，便住几天。将其人生洒脱之心态表现得淋漓尽致。很多事情真是强求不得的。

洗 尽 人 间 热 恼 心

八指头陀（寄禅，1851—1912）《夏日题灵隐寺》(1876)中有两句："愿持一钵冷泉水，洗尽人间热恼心。"我以为妙极了。今天的所谓"热恼心"跟静安所处的时代相比乃是"有过之而无不及"，因此，亦亟需一钵冷泉水来降降温。以前我曾经说过，世人都应当读一些基本的佛教典籍，如《阿弥陀经》、《维摩诘所说经》、《妙法莲华经》，来洗一洗"人间热恼心"。

智 慧 和 感 受 是 不 可 以 传 授 的

南朝齐梁间的陶弘景（456—536），多年来一直隐居于曲山之上。据说后来他的好友萧衍（464—549）取得了帝位，几次想请他出仕，都被陶弘景拒绝了。萧衍后来实在没有办法，就派人将朝廷的文件送到曲山，请陶弘景帮忙决策。陶弘景"山中宰相"的绰号就是这么来的。他在《诏问山中何所有赋诗以答》中写道："山中何所有，岭上多白云。只可自怡悦，不堪持赠君。"最后一句我觉得非常妙！智慧和感受只能靠自身去体会，即便是自己的孩子或徒弟，也是无法传授的。慧能说"如鱼饮水，冷暖自知"，就是这个道理。近日读到沩山灵佑（771—853）的语录，其中有一段说得更好："自心还自觉，自修还自悟，非关于别人，纵饶父子，亦难相代，所谓借人鼻管出气不得。"（《沩山警策句释记》）

我一直认为，人生没有什么是白白度过的，只要你善于总结，所有的经历对你来说都是一笔巨大的财富。如果没有经历很多的话，人是不会有智慧的，并且这样的经历是不可能"借人鼻管出气"的。《维摩诘所说经》中说："譬如不下巨海，不能得无价宝珠，如是不入烦恼大海，则不能得一切智宝。"德国作家黑塞（Hermann Hesse，1877—1962）小说《悉达多》（Siddhartha，1922）中的主人公，最终还是没有能力将自己体悟到的智慧传达给他的亲生儿子，正说明了这一点。陶弘景并没有将他的好友萧衍看作外人，但他的确无法将此时他在山中的"怡悦"传达给萧衍，更遑论其他人了。

啐 啄 之 机

鸡蛋即将孵化出小鸡之时，小鸡在壳内呦声，谓之"啐"；母鸡为助其出而同时在壳外嗑，称为"啄"。佛教会用这个词来指机缘相投。禅宗特别强调"教外别传"，别传的内容除了教理之外，还有生命的经验。而传授的前提是，已经完成了接受的准备。如果修行者的机缘没有成熟，禅师的棒喝再重，都没有办法使之顿悟。因此，诸方具啐啄同时眼，具啐啄同时用，方才时机成熟。这里所讲的就是这个道理。

写 作

有时我在想，写作究竟是为了什么？将心中的郁闷抒发出来，将自己的知识传达给别人，是为了自己，还是为了别人？读到袁枚（1716—1798）《随园诗话》中的一则，很有感触。袁枚讲了一个故事，如下：

作诗能速不能迟，亦是才人一病。心余《贺熊涤斋重赴琼林》云："昔着宫袍夸美秀，今披鹤氅见精神。"余曰："熊公美秀时，君未生，何由知之？赴琼林不披鹤氅也。"心余曰："我明知率笔，然不能再为构思，先生何不作以示我？"余唯唯，迟半月，成七绝句，心余心为佳，余乃出麓中废纸示之曰："已七易稿矣。"心余叹曰："吾今日方知先生吟诗刻苦如是，果然第七回稿胜五六次之稿也。"余因有句云:"事从知悔方征学,诗到能迟转是才。"①

对于作家/诗人来说,七易其稿实属正常。顾彬谈到,他每天的创作,最多只写一页。因此他对很多中国当代作家在很短的时间内写作长篇小说,觉得是没有价值的。他常举托马斯·曼(Thomas Mann, 1875—1955)的例子说,曼每天最多也只写一页,之后就会反复修改,凝练。这也反映了作家对待语言的态度。顾彬说,作家最需要负责任的是自己的语言,其他都不重要。实际上,中国古代对文字的锤炼是特别讲究的,贾岛(779—843)在《自述词》中写道:"两句三年得,一吟双泪流。"尽管有些夸张,但他得到的这两句,一定是人生智慧的结晶。据说"推敲"一词也来自这位贾先生的"鸟宿池边树,僧敲月下门"。② 清代的学者唐彪有关于作文与攻玉的妙喻:"作文如攻玉然,今日攻击石一层,而玉微见,明日又攻击石一层,而玉更见,再攻不已,石尽而玉全出矣。"③可见,唐彪所强调的同样也是,文章要反复修改,仔细推敲。

---

① 袁枚:《随园诗话》卷十四。
② 阮阅:《诗话总龟》卷十一。
③ 唐彪:《学有专攻深造之法》。

禅 儒 之 相 通

禅宗里有很多儒家的智慧,确切地讲是将儒家的智慧转换成了佛教的形式。近日读到达摩(菩提达摩,Bodhidharma,约440—528)的偈中有"不舍智而近愚"[1]时,想到,这是儒家所谓"学如逆水行舟,不进则退"[2]的翻版。

清 净 眼

八指头陀对世事的介入是有其分寸的,但他心里确实在替民族着想。他在光绪二十二年(1896)年初的《吾生》一诗中写道:

蜗争蛮触任纷纷,时事于今渐懒闻。
自拭一双清净眼,笑看孤月出浮云。[3]

可见,他已经看透了世事,一双"清净眼",表面上是超脱,实际上却是关心着民族的危亡。那个时代真的让作为有良知的知识分子感到悲哀。

---

① 《佛祖历代通载》卷第九。
② 《增广贤文》。
③ 八指头陀著,梅季点辑:《八指头陀诗文集》,第191页。

名 利

一

普陀山有苏曼殊（1884—1918）撰写的一副对联：乾坤容我静，名利任我忙。"名利"二字遭到很多文人的摈弃，但却很少有人能够从中逃脱。张弘苑《浣溪沙》中云："名利著人浓似酒，肝肠热醉不能醒。"烈酒醉人，让人产生依赖感。李清照（1084—1155）在《钓台》中则有另外的比喻："巨舰只缘因利往，扁舟亦是为名来"，也非常形象。

佛教常以燥热来形容物欲之蔽，而以清凉比喻身心解脱。《大集经》云："有三昧，名曰清凉，能断离憎爱故。"名利当然都是物欲，需要清凉三昧来将之冷静下来。

张潮（1650—?）说："万事可忘，难忘者名心一段。"（《幽梦影》）所谓"名心"是当初求功名之心，这是文人一生绝难忘怀的。实际上我更喜爱下面一句："千般易淡，未淡者美酒三杯。"那股洒脱劲，跃然纸上。

二

南朝时期宋之名将沈攸之（? —478）晚年的时候特别爱读书，常常叹息曰："早知穷达有命，恨不十年读书。"多读十年书可谓奢望，可惜一生只为功名了！

三

功名利禄是很多人追求的目标。做官对当时的士人有极大的吸引力,东华门前常常是人头攒动,但大部分想在仕途上有所成就者,到老来也未混得个一官半职,真是可怜得很。明代王九思(1468—1551)的《水仙子》中的两句,就是这些副嘴脸的真实写照:"望东华人乱拥,紫罗襕老尽英雄出处。"一官半职成了很多读书人的目标,可悲的是,"紫罗襕老尽英雄出处"。王九思因朋党之争而被迫辞官,这是一位局外人对宦海的冷眼相看。

四

《长门怨》好像是汉代以后诗歌中专门用来抒发失宠宫妃哀怨之情的诗歌体,唐代诗人齐澣(675—746)《长门怨》中的两句"将心寄明月,流影入君怀",让读者真的感到情谊深切,只是即便明月"领情",陛下也未必能感受得到这份情思。当时很多底层的知识分子,常常会通过"长门怨"之类的题材,表达自己想为帝王所用的迫切愿望。

五

当然也有对官位、金钱采取不惜一顾态度者,如张养浩(1270—1329)在《山坡羊·述怀》中就说:"无官何患,无钱何惮?休教无德人轻慢。"人穷志不短。对曾经做过监察御史、礼部尚书的词人来讲,跟官位、金钱相比较,更重要的是读书人的品德。

但更多的是由于无可奈何而发出的愤激之辞："功名竹帛非我事,存亡贵贱付皇天。"(鲍照[414—470]《拟行路难》其五)或者一旦得不到功名,便以嘲讽的口气认为,功名富贵不足恃:"功名富贵若常在,汉水亦应西北流。"(李白[701—762]《江上吟》)

六

容州刺史韦丹寄给灵彻和尚的《思归·寄东林澈上人》绝句,其中有"王事纷纷无暇日"之句,表达了自己想辞官思归的想法。灵彻认为,韦丹口称要辞官,实际上根本放不下:"相逢尽道休官好,林下何曾见一人。"(灵彻《东林寺酬韦丹刺史》)因此,灵彻根本就没有见过一个主动挂冠、退隐林下的官员。这是对世人贪恋功名利禄的绝好写照。

七

出名甚早的洪亮吉(1746—1809)后来遭人谗毁,谪戍新疆,他发出了"遭谗真悔知名早,投隙方嫌见性迟"(《偶成》)的感慨。这是他的经验之谈,也是肺腑之言!可有谁在没有经历惨痛的教训之前,会主动地放弃名利呢?

八

出身于官宦世家的柳永(约984—约1053),多次进京参加科举,但屡试不中。他填的词在当时影响非常大,以至于有人说:有井水处,即能歌柳词。

即便如此,他依然有功名用世之志。"才子词人,自是白衣卿相"(《鹤冲天·黄金榜上》)。这样的想法,仅仅是阿Q式的自我心理安慰罢了。

九

对争名夺利的描写,马致远(约1250—约1324)《离亭宴煞》可谓淋漓尽致,入木三分:"争名利何年是彻?看密匝匝蚁排兵,乱纷纷蜂酿蜜,闹攘攘蝇争血。"这一系列辛辣讽刺的描写,特别是最后一句,让人觉得恶心之至,却又惟妙惟肖。

十

宦海沉浮,在新近出现的显贵中,看下一个倒霉的是谁:"铛垒侧畔观时变,冠带场中看偶新。"(袁宏道[1568—1610]《斋中偶题》)

十一

陈草庵(1245—约1330)的《中吕·山坡羊》:"晨鸡初叫,昏鸦争噪,那一个不去红尘闹。路遥遥,水迢迢,功名尽在长安道。今日少年明日老。山,依旧好。人,憔悴了。"这一北曲小令将那些在长安道上劳碌着的"禄蠹"之徒的心态和嘴脸刻画得淋漓尽致。

十二

"重岩我卜居,鸟道绝人迹。庭际何所有,白云抱幽石。住兹凡几年,屡见春冬易。寄语钟鼎家,虚名定无益。"寒山尽管三十岁后隐居在了天台山,但他出身官宦世家,多次投考不第。因此,这首诗尽管体现的是远离了官场之后闲居山中的悠然情怀,其实也是不为当事者所用的无可奈何。

十三

追求名利的结果如果是到老来依然没有混得个一官半职的,其实算是幸运的。克拉苏(Marcus Licinius Crassus,约前115—前53)一生贪恋钱财,帕提亚(Parthia)地方的人打死他后,将其头颅扔入滚烫的黄金之中,对他说:"Aurum sitisti, aurum bibe!"(你曾渴望黄金,现在喝黄金吧!)

十四

鲁迅(1881—1936)说:"中国人的官瘾实在太深,汉重孝廉有埋儿刻木,宋重理学有高帽破靴,清重帖括而有'且夫''然则'。总而言之:那魂灵就在做官,——行官势,摆官腔,打官话。"[①]中国人的官瘾之大,自古有之,可能超过其他任何的民族。

---

① 鲁迅:《学界的三魂》,收入王世家、止庵编:《鲁迅著译编年全集》(柒·一九二六),北京:人民出版社,2009年,第18页。

做学问的能力

南宋翁卷《山雨》诗中的两句:"平明忽见溪流急,知是他山落雨来。"诗人一夜酣睡,一早起来忽然发现溪水猛涨,马上想到其他地方下过了大雨。这是一叶知秋的能力,是一个未来好学者的潜质,对于做学问来讲是至关重要的。

《淮南子·说山训》曰:"以小明大,见一叶落,而知岁之将暮;睹瓶中之冰,而知天下之寒。"这种由小见大,从现象推断事物的本质及其发展规律的能力,对于做学问者是前提条件。因此才有:山僧不解数甲子,一叶落知天下秋。(唐庚《文录》)山中的老和尚根本不需要看日历牌,看见了一叶飘落,便知道秋天来到了。

古人的很多说法,我觉得都是很有意思,也很有意义的。清代学者颜元(1635—1704)在《存学篇》卷三中写道:"不以流之浊,而诬其源之清。"这实际上正是学者需要努力正本清源的地方。

历史研究者除了勤奋之外,还要培养《荀子·非相》所谓"以近知远,以一知万,以微知明"的能力,亦即由细微的迹象洞察形势的变化,由现象和部分推知本质或全体的能力。

在拉丁文中,有所谓的"ex pede Herculem",意思是从海格力斯大力士的脚的尺寸,便可以知道他的身高。拉丁文另外一个变体的说法是"ex ungue leonem"(从狮子的爪子认识它),也是有举一反三的意思。

小 人

我从来不喜欢二元对立的两分法的做法,但有些又让我觉得真的很恰当。在先秦的古籍中就已经有了君子和小人的对立。这两个词一开始是地位的不同,《左传·襄公九年》中就有"君子劳心,小人劳力"的说法。到了孔子的时代,又加上了道德的标准:"君子坦荡荡,小人长戚戚。"(《论语·述而》)显然是"有德者"和"无德者"的区分。"小人"作为一些人的特征,我觉得非常恰如其分。清代的查慎行(1650—1727)在《三闾祠》中写道:莫嫌举世无知己,未有庸才不忌才。此类情况,我在海德格尔跟雅斯贝尔斯的通信集中常常会看到。在我至今的经历中,也遇到过很多这样"庸才"式的小人。

这种截然黑白分明的二分法,在古代希腊、罗马也很普遍。普林尼(Gaius Plinius Secundus, 23/24—79)认为,色雷斯(Thracia)人就有这样的习惯,将坏的日子用黑色的石头,好的日子用白色的石头来做标记。Albo lapillo notare diem.(Plinius, *Hist. Nat.* 7, 40, 41)所讲的是以白色石头记录一天。这当然是好日子了。

另外在中外历史上,常常会有一种始终站在时代前沿的弄潮儿,这些人不论什么时代都是得志者、既得利益者。元代的张鸣善(元代散曲作家)有《水仙子·讥时》:"铺眉苫眼早三公,裸袖揎拳享万钟,胡言乱语成时用。"这真是今天很多"人物"的真实写照:装模作样的人早已身居要位了,揎袖揎拳,好像要大干一场的样子,实际上是为了享受万钟的俸禄,胡言乱语、吹牛拍马的人,居然成为了时代的栋梁之才。如果这些人占据了高位,受到重用,享受着高薪,做着决策的话,这样的社会不知道还会有什么希望。

有关小人的谗毁,陈子昂(661—702)的《宴胡楚真禁所》中说得很妙:"青蝇一相点,白璧遂成冤。"尽管小人的诋毁至多像青蝇在白璧上拉屎一般,但却毁了白璧,使之蒙冤。李白则在此基础上,进一步发出了感慨:"青蝇易相点,白雪难同调。"(《翰林读书言怀呈集贤诸学士》)小人到处都是,但要真正找到同样欣赏阳春白雪高雅曲调的知音,确实不容易。

知 识 增 时 只 益 疑

王国维(1877—1927)《六月二十七日宿硖石》中有著名的二句:"人生过处唯存悔,知识增时只益疑。"这两句诗是作者 1903 年旧历六月二十七日作于故乡硖石(浙江海盐)。我想,这样的感受,很多人都有类似的经历。对于人生,王国维有更精彩的论述:"故人生者,如钟表之摆,实往复于苦痛与倦厌之间者也……未有快乐而不先之或继之以苦痛者也。"①这是佛教的苦圣谛。

患 难 见 真 情

德文中有一个说法:"In der Not erkennt man die Freunde."意思是,患难见真情。类似的成语大都从拉丁文来:"Amicus certus in re incerta cernitur."(*De amic*. 17,64)西塞罗(Cicero,前 106—前 43)可能只是引用了它,但却成为了西方世界的一句箴言:在困境里能够认识一个坚定的朋友。近日读南朝宋鲍照的诗《代出自蓟北门行》,其中有两句:"时危见臣节,世乱识忠良。"也是说只有经历严峻的考验,才能识别臣子的节操和忠良之士。可见,"东海西海,心理攸同;南学北学,道术未裂"的说法,是有其一定道理的。

---

① 王国维:《〈红楼梦〉评论》,杭州:浙江古籍出版社,2012 年,第 2 页。

胸中元自有丘壑

苏轼（1037—1101）的画作《老木蟠风霜》，让黄庭坚（1045—1105）感慨万千：之所以能画出蟠曲遒劲、饱经风霜的老树，是因为苏轼胸中本来就有深山大壑。"胸中元自有丘壑，故作老木蟠风霜"（黄庭坚《题子瞻枯木》），这样的枯木只能出自老辣、娴熟的苏子之手。张潮以读书为例，认为一个人能从书中得到的，是由其阅历的深浅决定的："少年读书如隙中窥月，中年读书如庭中望月，老年读书如台上玩月，皆以阅历之深浅，为所得之深浅耳。"（《幽梦影》）吕桂在给寄禅（1851—1912）的《嚼梅吟》（1881 年在宁波刊刻）的跋中曰："人生读万卷书，走万里路，而后著为文章歌咏，乃有可观。"黑格尔（Friedrich Hegel, 1770—1831）说，同一句话老人说来就比一个孩童说出来，富有更多的含义，道理也在此。[①]

[①] 请参考《宗白华〈美学散步〉序》，李泽厚：《杂著集》，北京：生活·读书·新知三联书店，2008 年，第 104 页。

"老 朋 友"

"朋友"这个词在中文中被广泛使用,有时也被译成英文的"friend"或德文的"Freund"。中国领导人对已经见过一两次的外国友人称作"老朋友",让很多欧美人士觉得很难认同。因此,在很多外国政要的回忆录中,"old friend"都成为了一个中国式的英文词。德国很多城市都有我的朋友,每次去一个地方的话,所想到的还是二十年前或十几年前认识的老朋友。"衣不如新,人不如旧"(《古艳歌》)。当人孑然一身的时候(茕茕白兔……),更是如此。这是古人的人生经验之谈。尽管古人也有"白头如新,倾盖如故"(邹阳[约前206—前129]《狱中上梁王书》)的说法,但我依然认为,交情的深浅与时间还是有一定的关系。因此也才有拉丁文中的说法:"Amicitia stabilium"(友谊是长期的事情)。

艳 词

王士禛(1634—1711)有"忆共锦衾无半缝,郎似桐花,妾似桐花凤"(《蝶恋花·和漱玉词》)。第一句是说,恋人将被子裹得中间都没有空余的地方,合为了一体。桐花凤是四川一种小鸟名。据说每至春暮,这种鸟儿会飞到桐华上,以饮朝露。难怪谭献(1832—1901)认为这是一首轻靡妖艳的诗,"深于梁陈"(《箧中词》)。

甲 乙 推 求 恐 到 君

以前学德语的时候学到了"Stasi"（史塔西），这个词是原东德国家安全部（Ministerium für Staatssicherheit）的简称，是负责搜集情报，实施监听监视的臭名昭著的特务机构。史塔西的标语是"Wir sind überall"（我们无处不在）。据说，史塔西运作 40 年来，搜集了长达 159 公里的文件档案。后来很多人发现，监视他人的人也被另外的人所监视，从而形成了一个人人自危的怪圈。前几日读到了宋人唐庚（1070—1120）的诗句："诸公有意除钩党，甲乙推求恐到君。"（《白鹭》）在这样的状态下，好像没有谁能逃脱这一巨大的罗网，哪怕是门前的白鹭！

藏 书 万 卷 可 教 子

我在杜塞尔多夫大学工作的时候，有个朋友皮特，他是大学正式的教师。多年来他一家三口在杜市租住着一套一百多平方米的三居室住房。因为在南城比较安静的地区，所以房租比较贵，每月将近 1 千欧元。当时我问他，为什么不付一个首付，之后每月的房租就可以变成月供了，这样，经年后就可以给他们的孩子留下一套住房。皮特却有另外的看法。他认为，给孩子一个好的教育就足够了，留给他房子等遗产并不一定是件好事。"孩子以后的路是我们今天无法预料的,他也不一定一直要住在杜市!重要的是让他有一个好的教育和健康的人格!"今天想想,黄庭坚(1045—1105)所谓"藏书万卷可教子,遗金满籝常作灾"(《题胡逸老致虚庵》),确实是有其道理的。

速 成 的 学 问 ?

儿子去杜塞尔多夫大学交换一个学期,这几天在整理他的书时,发现竟然有这么多的各种速成教材。在到处都充斥着速成的今天,很少有人再好好思考如何读书做学问了。拉丁文中有"Natura non facit saltus"的说法,意思是说在自然之中不存在什么飞跃。因此,"欲速是读书第一大病,工夫只在绵密不间断"(陆稼书[1630—1692]《示大儿定徵》),这应当是至理名言,只是当今大部分人不这么认为而已。

本学期我给博士生开了一门"雅斯贝尔斯对东方的认识"的研讨班的课,我们准备用一个学期的时间细读《大哲学家》中的"孔子"、"老子"、"佛陀"与"龙树"四个部分。希望他们从平时快速浏览的习惯中回归细读的工夫。很多的东西只有慢下来了,才能深入下去。好的咖啡是磨出来的,好的墨汁是研出来的……研磨的过程本身,也体现着品味和审美。可惜今天这一切都被速溶、瓶装等毁坏掉了。

不 可 得 也

　　李斯（约前 284—前 208）生前的最后一句话是
说给他儿子的,他说:"吾欲与若复牵黄犬,俱出上蔡
东门逐狡兔,岂可得乎!"(《资治通鉴》卷八)这时的
他已经再也不可能跟儿子一起牵着黄狗,到上蔡东
门打猎去了。这样简单但快乐的事情,对曾经显赫
一时的李斯来讲,再也做不到了。最终他不仅被腰
斩于咸阳闹市,而且殃及了三族。

老 欧 洲 眼 中 的 新 贵

　　以前在德国生活,看到德国父母管孩子的时候
特别爱拿美国人举例:在餐桌前要坐直了,不要像美
国人那样没有规矩。在喝咖啡方面,德国人肯定没
有意大利人、法国人或奥地利人那么讲究,但是他们
却更爱讥笑美国人喝咖啡时的毫无修养,有的只是
贫人乍富式的"大碗喝酒"的粗俗。在世故深沉的老
欧洲的眼里,北美始终是小人得志心态与充满荷尔
蒙的新贵。

神 在 哪 里 ？

我们在读《大哲学家》中的《老子》一章时，发现雅斯贝尔斯一再提醒我们，老子在阐述"道"的时候，一再使用的是诸如"道可道，非常道"的"否定的表述法"（negative Formulierung）来告诉我们"道"不是什么。1961年宇航员加加林（Yuri Gagarin，1934—1968）首次进行了太空飞行。他回到地球上后说："我没有见到神。"圣奥古斯丁（Aurelius Augustinus，354—430）说："神啊，你在我心中，但我却在外面，并且在外面寻找你。"（*Confessions* X，27，38）

粗 俗 的 世 界

《尚书·武成》中有"今商王受无道，暴殄天物，害虐烝民"之句，这是成语"暴殄天物"的出处。这句话的意思本来是说商王残害灭绝天生万物，后来转义为任意糟蹋东西，不知爱惜。中国文化的传统常常会有断裂，最近的一次断裂是1949年之后，一直到改革开放的30年。这期间在中国大陆的政治运动基本上消灭了所有的"贵族"和他们所传承的文化，1980年代的万元户、90年代的下海潮等等所产生的新富们，所具有的基本上是贫人乍富的心态。一直到今天，大部分富人的行为依然有失于自然界的本来用意。"美味以大嚼尽之，奇境以粗游了之，深情以浅语传之，良辰以酒食度之，富贵以骄奢处之。俱失造化本怀。"张潮在《幽梦影》中的几句话，是当今世态惟妙惟肖的写照。

外师造化，中得心源

庄子的"庖丁解牛"主要是讲养生的要诀：养生的方法莫过于顺其自然。在作画方面，则有从苏轼《文与可画筼筜谷偃竹记》中的"胸有成竹"的成语，其实在唐代画家张璪(8世纪)传中有更精彩的描述：

画山水松石，名重于世。尤于画松，特出意象。能手握双管，一时齐下，一为生枝，一为枯干，势凌风雨，气傲烟霞，分郁茂之荣柯，对轮囷之老桦，经营两足，气韵双高。此其所以为异也。璪尝撰《绘境》一篇，言画之要诀。初，毕宏庶子擅名于代，一见璪画，惊叹之。璪又有用秃笔或以手模绢素而成画者，因问璪所授，璪曰："外师造化，中得心源。"①

实际上，庖丁之所以能在解牛的时候"恢恢乎其于游刃必有余地矣"的境界，文同(与可)之所以能画出非同一般的竹子来，道理都在张璪所言的"外师造化，中得心源"一句之中。

---

① 郭若虚：《图画见闻志》卷五，《四部丛刊续编》本。

I'll teach you differences

顾彬教授本学期给北外的本科生开了一门有关"西方的历史"的课程,他所用的教材是海因里希·奥古斯特·温克勒(Heinrich August Winkler, 1938—)教授的《西方的历史——从古代的开始到 20 世纪》。[①]"西方"(West)一词在地理大发现的时代几乎等同于世界历史的尺度。"西方"征服了陌生的帝国,战胜了诸多的大陆,一直到世界的边边角角都臣服于它。"西方"发展了自然科学和现代技术,创造了人类和市民的权利、法制以及民主等概念。不过,"西方"也常常会背叛自己的价值观,以说教的方式谈论自由。"西方"常常指的是贪得无厌,通过资本主义引起了人类整体生活方式的经济化,这也使得人类一直到今天都处于紧张状态。究竟什么是"西方",这是需要事先界定清楚的,不太容易。

顾彬教授在课上一直在重复莎士比亚(William Shakespeare, 1564—1616)《李尔王》中的一句话:I'll teach you differences. (*King Lear*. Act 1, Scene 4)在这里顾彬并非要让学生们懂得上下卑尊的礼貌,而是告诉他们东-西之间的不同。

顾彬在课上说,他不太理解中国近代史的学者为什么一直宣传所谓的"爱国主义",学习历史并不是培养仇恨。他举例道:德国西部的城市科隆(Köln),它是从拉丁文 Colonia 来的,意思是殖民地。但是德国人认为罗马人给他们带来的是文明,并没有一直以爱国主义的方式声讨罗马人的殖民。

———————————

① Heinrich August Winkler, *Geschichte des Westens: Von den Anfängen in der Antike bis zum 20. Jahrhundert*. München: C. H. Beck; Auflage: 5 (30. März 2016).

风 神

离开德国之后，每次再回去，大都住在酒店。有一段时间，我特别爱住杜塞尔多夫的"风神酒店"（Hotel Merkur），这家饭店除了比较舒适，早餐很丰富之外，我也特别喜欢这个名字。"Merkur"是从罗马的神"Mercurius"而来的，他掌管商业、盗窃、辩论以及传讯的事务。在德语世界中，我最先知道这个名称是因为 1947 年创立的《风神》（*Merkur*）杂志，副标题为"有关欧洲思想的德国刊物"（*Deutsche Zeitschrift für europäisches Denken*）。这份批判性很强的刊物，有点像我们上世纪 80 年代的《读书》，但更具时代的批判精神而已。在英文中，mercury 还有"元气"、"活力"的意思，是从"水银"而来的，所以英文中会说"He has no mercury in him"，意思是说此人没有精神。

爱着并劳作着

我跟博士生常常会谈到何谓圆满的人生，我认为一个人如果认为自己的人生还算圆满的话，那他所做的事一定是有意思且有意义。有意思就是好玩儿，人在做的时候会乐此不疲，充满乐趣；有意义意味着有一定的学术性，能立得住。据说，弗洛伊德（Sigmund Freud, 1856—1939）在回答"女人想要做什么"的问题时说："Lieben und arbeiten."（爱着并劳作着）。这当然是作为心理分析学家对女性的认识。但我认为，圆满的人生也就是在自己感兴趣且有意义的领域不停地劳作着。

市 场 ——吞 噬 一 切 的 怪 兽

马克思（Karl Marx, 1818—1883）、恩格斯（Friedrich Engels, 1820—1895）在 1848 年《共产党宣言》（*Manifest der Kommunistischen Partei*）中有一段非常深刻的话："现代社会……把一切封建的、宗法的和田园般的关系都破坏了。它无情地斩断了把人们束缚于天然尊长的形形色色的封建羁绊，它使人和人之间除了赤裸裸的利害关系，除了冷酷无情的'现金交易'，就再也没有任何别的联系了。它把宗教虔诚、骑士热忱、小市民伤感这些情感的神圣发作，淹没在利己主义打算的冰水之中。它把人的尊严变成了交换价值,用一种没有良心的贸易自由代替了无数特许的和自力挣得的自由。……现代社会撕下了罩在家庭关系上的温情脉脉的面纱,把这种关系变成了纯粹的金钱关系。……一切固定的东西都烟消云散了,一切神圣的东西都被亵渎了,人们终于不得不用冷静的眼光来看他们的生活地位、他们的相互关系。"(部分字句根据德文原文做了调整)①市场成为了一个吞噬一切的怪兽。开放的市场经济社会需要道德的约束。正是这所谓的市场经济社会破坏了文化的传统和生活方式,毁掉了人类的伦理道德。这对于刚刚步入市场经济不久且一直痴迷于其中的中国人来说,无疑是一副非常及时的清凉剂。

---

① 马克思、恩格斯:《共产党宣言》,《马克思恩格斯选集》(第一卷),北京:人民出版社,1972 年,第 253 页。

美 与 忧 郁

中庭日淡芭蕉卷

"绿芜墙绕青苔院，中庭日淡芭蕉卷。"陈克（1081—1137）《菩萨蛮》中的两句煞是传神。长着绿草的围墙，布满青苔的庭院，淡淡的阳光把庭院中的芭蕉叶子晒得卷了起来，南国春天的气息，令人神往。这样一处舒适、安静、怡人的地方，必然是人迹罕至之处，作为观察者的人也成为了景物的一部分，更是自然的一部分。中国园林所追求的与自然合一，又超越自然的理念，贯穿其中。读此二句，让人感到内心之宁静。

魏 晋 风 度

一

魏晋的名士常常表现出其孤寂桀骜的一面，这当然也是魏晋风度的一部分了。建安七子中的刘桢（186—217），诗风挺秀，不事雕饰，有"羞于黄雀群"之句。竹林七贤之一的阮籍（210—263）亦有句曰"岂与鹑鷃游"，阮步兵以玄鹤自比："云间有玄鹤，抗志扬哀声。一飞冲青天，旷世不再鸣。"

二

张翰（302 年官至大司马东曹掾）为齐王属官。

某一天当秋风起时,他突然想吃家乡的菰菜、莼羹、鲈鱼脍了。他对人说:"人生贵得适志,何能羁官数千里,以要名爵乎!"于是他乘车回家去了。(《晋书·张翰传》)元代姚燧(1238—1313)就此写道:"西风吹起鲈鱼兴,已在桑榆暮景。"(《中吕·醉高歌·感怀》)实际上,所谓"桑榆晚景"只是托词而已,已难有张翰西风起时思乡弃官的洒脱了。

闷携村酒饮空缸

鲜于枢(1246—1302)有《仙吕·八声甘州》,其中的"元和令"中有两句写得非常妙:"闷携村酒饮空缸,是非一任讲。恣情拍手棹渔歌,高低不论腔。"

2012年夏天我在波恩小住了两个月,其间去顾彬家吃了几次饭。有一次他拿出了从莱茵河附近酒农那边买来的一大瓶的李子酒,入口醇美,味道非常好。我们两个喝着他做的西红柿古老肉汤,畅饮着李子醇醪,一直在谈论着所谓波恩汉学学派(Bonner Schule)的是是非非。

白 衣 庵

南通市白衣庵中有江云龙的一副对联："窗静鸟窥蝉,心是主人身是客;山虚风落叶,天漫绝顶海漫根。"上联有物我两忘的境界,庄周梦蝶后完全不知道谁是蝴蝶,谁是庄周。鸟本无心,而以人心窥蝉,可见其已有分别之心。而正在打坐的主人,由于物我两忘,根本不区分主客。下联的"虚"字用得好,因山虚才生风。实际上,没有风,到了季节树叶也会落下的,只不过会迟几天而已。处在山之巅、水之滨的白衣庵,其景色一定很美。

尽 日 寻 春 不 见 春

昨天傍晚跟同事一起打乒乓球,他说最喜爱春意盎然的气息,让人感觉真好。何谓春的气息? 宋代的时候有一个尼姑在春天到来之际到处寻春,可是并未寻到春的踪迹。回到庵中后,她嗅到了枝头的梅香,忽然悟到春天就在身旁:"尽日寻春不见春,芒鞋踏遍陇头云。归来笑拈梅花嗅,春在枝头已十分。"(《悟道诗》)如果带着特殊的目的去寻找春天的踪迹的话,根本闻不到一丝的花香,而就在想放弃的不经意之间,芬芳却突然飘来:"着意寻春不肯香,香在无寻处。"(辛弃疾[1140—1207]《卜算子·修竹翠罗寒》)

寒 心 未 肯 随 春 态

不太喜欢咏梅花的诗，因为太多人写梅花，几乎成为了古代文人墨客的时尚了。但苏轼的两句诗我却觉得非同寻常："寒心未肯随春态，酒晕无端上玉肌。"(《红梅》)在春天逞风流者，是因为没有"寒心"，因此它们也不可能有红梅一样的色彩。对于苏轼来讲，这一"无端"之美，实际上在第一句中已经交代了，是红梅的风骨使然——坚贞不渝的"寒心"性格才能显出其"酒晕"之美来。

满 树 狂 风 满 树 花

元稹(779—831)《定僧》一诗中有"野僧偶向花前定，满树狂风满树花"句，每次看到这两句诗，我都会想到梵·高(Vincent Willem van Gogh, 1853—1890)的画。"野僧"面前的花犹如藏传佛教僧人面前的曼荼罗，可以在禅定中观照人生之中动与静的一切。梵·高的花与树，给人以同样的感受。

喜 爱 下 雨

也许是北京不经常下雨的缘故，不论是什么季节，我都喜爱下雨天。听着淅淅沥沥的雨声，总有别样的心情。张潮《幽梦影》中说："春雨宜读书，夏雨宜弈棋，秋雨宜检藏，冬雨宜饮酒。"四季之雨总有相宜之事，只不过北方冬天不可能下雨，只会下雪。无论如何，对于干燥少雨的北方来讲，人们常常会以下雨的梦境，润滑空气乃至生活的枯燥。

姜夔（1154—1221）的《平甫见招不欲往》其一中有"人生难得秋前雨，乞我虚堂自在眠"之句，觉得极妙！夏末秋前下了一场雨，老友邀请诗人前往饮酒，诗人竟然因为这场雨而不肯去赴约。爽约的理由实在不一般：请允许我在幽静的屋子里困上一觉吧。

尤袤（1127—1202）在《题米元晖潇湘图》其一中写道："只欠孤篷听雨，恍如身在潇湘。"潇湘八景的第一景便是"潇湘夜雨"。对尤袤来讲，潇湘图中如果没有听雨的孤舟，便构不成这八景了。

人 面 桃 花

崔护（772—846）的《题都城南庄》中有著名的一句："人面桃花相映红。"女子妖姿媚态，卓有余妍，绘声绘色。这是邂逅分离之后，男子追忆女子的诗句，由于不能再相见而产生的惆怅心情，表达得含蓄、婉转。

点 水 蜻 蜓 款 款 飞

　　杜甫(712—770)《曲江》其二有著名的诗句"穿花蛱蝶深深见,点水蜻蜓款款飞",这简直就是我早年在徐州生活时,春夏之交常常见到的景象:飞来飞去的蝴蝶在花丛、草丛深处时隐时现,轻点水面的蜻蜓,自由自在地款款飞翔。后来到北京,又到了德国,"点水蜻蜓款款飞"的场景偶尔只有在梦中会出现。记得2000年的春夏之交,跟朋友一起在鲁尔河(Ruhr)畔骑车野营,停下来野餐的时候,在小的池塘里我突然看到了点水的蜻蜓。那一瞬间直感到"乡禽何事亦来此,令我生心忆桑梓"(柳宗元[773—819]《闻黄鹂》)。尽管这跟"小荷才露尖尖角,早有蜻蜓立上头"(杨万里[1127—1206]《小池》)的家乡的池塘相比,氛围完全不同,但我还是在那边驻足良久。在高纬度的鲁尔区看到这一情形,感动得我差点哭出声来。

含蓄与意义剩余

宋代的汪藻（1079—1154）有两句诗："桃花嫣然出篱笑，似开未开最有情。"（《春日》）这里所描写的是桃花出篱、红杏出墙的实景。但却很说明诗人含蓄的审美情趣：桃花宛若美人，嫣然一笑，令人魂飞，而只有在花蕊半绽、似开未开之时，才最有情意。至于"桃花乱落如红雨"（李贺［约790—约817］《将进酒》）的景象，我想只有在《将进酒》这样的豪迈气概之中，才会出现的。《迂叟诗话》中说："古人为诗，贵于意在言外，使人思而得之。"实际上，所谓的意义剩余（Sinnüberschuss）是读者经过思考后，自己体会出来的意味。

情人眼里出西施

兰楚芳（元末明初的散曲作家）《四块玉·风情》中有"我事事村，他般般丑。丑则丑，村则村，意相投。则为他丑心儿真，博得我村情儿厚"这几句话，表现了两位情投意合的乡下人之间的爱情。他们并非才子佳人、郎才女貌，尽管以女主人的口吻自我揶揄道"丑则丑，村则村"，实际上两个人是"心儿真"、"情儿厚"。这样的感情，让他们内心里彼此感到对方的美丽。

品　味

　　文人需要一定的品味。我喜欢读一些文字，但有时跟作者见了面之后，反倒觉得毁坏了作品在我心目中的形象。有时在一些人的办公室或家中，明显感觉到很多摆设俗不可耐。於潜僧（慧觉）所居住的寂照寺中有绿筠轩，这里面的竹子清香怡人，令人心旷神怡。苏轼曾应邀前往品茗赏竹，写下了著名的诗句："无肉令人瘦，无竹令人俗。"（《於潜僧绿筠轩》）这是一种脱俗的生活态度和人生美学，是很多文人、学者所不具备的。因此苏轼接下来写道："人瘦尚可肥，俗士不可医。"品位是需要不断提升的。

惟 有 莱 茵 波 底 月

　　元祐六年（1091）苏轼在颍州（安徽阜阳）写下了"与余同是识翁人，惟有西湖波底月"（《木兰花令·次欧公西湖韵》）的诗句，以表达对自己有知遇之恩的欧阳修的敬仰之情。因为欧阳修在四十多年前也曾在此地做官，歌咏过颍川的西湖。2015 年 12 月份，我们给顾彬教授过七十华诞生日的时候，我将这两句词改为了"与余同是识翁人，惟有莱茵波底月"，借此说明，顾彬的学问还有德国的一半。而这一部分是大部分中国学者所没有认识到的。

地 展 平 原 骏 走 风

　　18世纪法国启蒙思想家狄德罗(Denis Diderot, 1713—1784)编订的《百科全书》(Encyclopédie, 1765)中说,中国的长城是可以与埃及的金字塔相媲美的雄伟建筑。据说当时的英国大文豪约翰逊(Samuel Johnson, 1709—1784)说,如果不是因为有抚养子女的责任,他一定要到中国见识一下长城的。长城差不多是中国的象征了,对于西方人来讲,来中国旅行,最重要的是要去看长城。光绪十四年(1888)康有为(1858—1927)赴京参加乡试后,游览了居庸关长城,写下了"云垂大野鹰盘势,地展平原骏走风"(《过昌平望居庸关》)的诗句。作者以雄鹰在广阔的原野上盘旋,造出了一个气势磅礴的场面。平原的延伸自然显出了军都山和居庸关长城的雄伟、壮丽来。读到这两句诗,常常令我想到在飞机上看到的长城景象。

头 未 梳 成 不 许 看

　　每一部优秀的文学作品都是改出来的,对一位负责任的作家来讲,最重要的是对自己的文字负责。袁枚在《遣兴》中做了一个形象的比喻"阿婆还是初笄女,头未梳成不许看"。任何一个创作就像是写诗一样,都是反复推敲修改的结果。顾彬(Wolfgang Kubin, 1945—　)常常举托马斯·曼(Thomas Mann, 1875—1955)的例子:曼坚持每天只写一页,但这一页是经过反复修改打磨过的一页。这也是顾彬为什么看不起一些当代中国小说家一个月写出一个长篇的原因。

　　2011 年获诺贝尔文学奖的瑞典诗人托马斯·特朗斯特罗姆(Tomas Tranströmer, 1931—2015)一生只写了不到 200 首诗。他说:"完成一首诗需要很长的时间。诗不是表达'瞬间情绪'就完了。"①据说他写得最久的一首诗,就耗掉了整整十年的时间,我想这是大部分中国当代作家认为完全没有必要的。

---

① 转引自北岛:《时间的玫瑰》,南京:江苏文艺出版社,2009 年,第 166 页。

办公室观日落

　　新的办公室在六层，从 2015 年 3 月份搬过来，将近一年的时间，体验了春夏秋冬的四季。办公室有四扇朝正西的落地窗，正对着西山。天好的时候，坐在电脑前就可以遥望西山。每天夕阳西下的时候，可以看到一团红日一跳一跳地落下。半壁天空，被染成了红色。尽管看不到河流、湖泊，依然能感受得到赵彦端（1121—1175）所描绘的"夕阳红湿"（《谒金门》，原句为"波底夕阳红湿"）的真实。无奈的是，无限美好的夕阳已经快到了黄昏，其后的瞬间似乎就"夕阳暝色来千里"（寇国宝［宋哲宗绍圣四年（1097）进士］《题阊门外小寺壁》）了，整个的西山迅疾为夜色所笼罩。

忧 愁 的 重 量

顾彬常常谈"忧愁"与 Melancholie。他说,在欧洲的中世纪,人们是禁止谈论忧愁的,因为神解决了所有的问题,人是不可能会有什么"愁"的。但在中国的古代和中世纪情况却有所不同:愁(包括离恨等)的意象不仅仅是文学的永恒主题,在诗词之中,它甚至可以用重量来加以衡量的。郑文宝(953—1013)《柳枝词》有"不管烟波与风雨,载将离恨过江南"的句子。用船载恨,当然是非常奇妙的比喻了。其后苏轼更进一步写道:"只载一船离恨向西州。"(《虞美人》)张元幹(1091—1161)有"载取暮愁归去"(《谒金门》)。到了李清照(1084—1155),愁的重量增加了更多:"只恐双溪舴艋舟,载不动许多愁。"(《武陵春·春晚》)这许多愁,自然不是蚱蜢般的小船儿载得动的。其后,石孝友(1166年进士)将"愁"(离恨)搬到了马背上:"春秋离恨重于山,不信马儿驮得动。"(《木兰花》)王实甫(约1260—1336)又将"愁"(人间烦恼)搬到了车上:"遍人间烦恼填胸臆,量这些大小车儿如何载得起。"(《西厢记·长亭》)

可 怜 无 地 可 埋 忧

忧愁太重，无法车装船载，但似乎可以埋藏起来。明末的陈子龙（1608—1647）投水殉国的时候，年仅39岁。他一心想恢复明王朝，写下了"不信有天常似醉，可怜无地可埋忧"（《秋日杂感》）的诗句。无奈清兵南下的速度太快，身居太湖的他被捕后，感觉到中国之大，甚至没有可以埋藏自己忧愁的地方。实在可悲！

愁 的 比 喻

愁如水，流不断。因此李煜（李后主，937—978）有"问君能有几多愁，恰似一江春水向东流。"（《虞美人》）德国汉学家霍福民（Alfred Hoffmann, 1911—1997）将"愁"翻译成"Traurigkeit"（悲伤）。[①] 而遭贬谪的秦观（1049—1100）更觉得愁像大海："春去也，飞红万点愁似海。"（《千秋岁·水边沙外》）在春夏之交，被贬处州（浙江丽水）的秦观看着万点飞花，伤春的情感与被贬的愁苦一并涌上心头。这样的愁真的

---

① *Die Lieder des Li Yü (937—978)*, *Herrschers der Südlichen T'ang-Dynastie*. Als Einführung in die Kunst der chinesischen Lieddichtung aus dem Urtext vollständig übertragen und erläutert von Alfred Hoffmann. Köln: Greven Verlag, 1950. S. 138.

如大海一般。

愁如山,连绵不断。不是一般的山,而是重峦叠嶂:"夕阳楼上山重叠,未抵离愁一倍多。"(赵嘏[?—853])

何 以 解 愁

作为诗人的曹操(155—220)认为可以解除心中忧愁,也许就只有美酒罢了:"何以解忧,唯有杜康。"(《短歌行》)对李白(701—762)来讲,一开始酒好像还可以用来消愁:"愁来饮酒二千石。"(《江夏赠韦南陵冰》)酒量见长了之后,情形有些改变:"抽刀断水水更流,举杯浇愁愁更愁。"(《宣州谢朓楼饯别校书叔云》)看样子,此时的李白,饮酒对他来讲是无法驱散胸中的愁了。愁如火一般在胸中蔓延,而酒却像油一样愈浇愈烈。抽刀断水的比喻,直让人拍案叫绝!也表达了诗人想要摆脱胸中愁的强烈愿望!

而对于范仲淹(989—1052)来讲,愁遇到了酒之后,是可以转化的:"酒入愁肠,化作相思泪。"(《苏幕遮》)当然他的愁是情愁,与李白想建立功名而又不得的忧愁、烦愁是不一样的愁。

离 别

一

古人对离别好像有一种特别的情感,甚至可以说害怕离别。因此佛教才会将"爱别离苦"(又称"恩爱别苦"或"哀相别离苦")作为八苦之一种列入其中。佛教所认为的离别范围更广,不仅仅是与所爱之人,同时也包含与所爱的事和物别离时,所感受到的痛苦。而在中国古代,更是"生离死别",会有"寸心宁死别,不忍生离忧"(赵微明《思归》),"此时一见何时见,遍抚儿身舐儿面"(马卿[马柳泉,1480—1536]《卖子叹》)等,这些我认为很极端的想法。而如"相知无远近,万里尚为邻"(张九龄[678—740]《送韦城李少府》)的说法,实际上是内心的自我安慰而已。

上世纪的 90 年代中期,我在德国留学,刚刚开始有互联网,很多人都没有邮箱地址。即便当时我已经有了,也没有办法跟在中国的亲友写邮件。那时每次写信、寄信、收信都是件大事。后来家里装了电话,我偶尔也会从德国打回电话,但那时真是天价。记得当时住在马堡大学(Philipps-Universität Marburg)的学生公寓,公用厨房里有一个显示数字跳动的电话机,如果打市内电话或德国境内电话的话,半天也跳不了一个字,可如果往中国打,每次都哗哗哗地跳个不停。那时我尽管得到了德意志学术交流中心(DAAD)的奖学金,但数额并不高,所以每次看着不断跳动的数字,都觉得很心疼。

今天在互联网普及后,想联系的人都可以经过 QQ、msn 或其他手段,想什么时候联系,或在网上见面都可以。所以对所谓的离别之苦的体验,跟从前真的完全不一样了。

二

> 我有一樽酒,欲以赠远人。
>
> 愿子留斟酌,叙此平生亲。(汉·无名氏《别诗》)

我觉得汉诗中一直有一种莫名的凄凉感,所表现出来的,既有荒凉孤寂,又有一种淡淡的凄婉味道。而这些大都是一些人生经验的表述,所以常常令人倍感亲切。

三

有关离别,我觉得元曲表现出来的感情最耐人寻味!但有时亦觉得太过浓淡。关汉卿(1219—1301)有《双调·沉醉东风》:

> 咫尺天南地北,霎时间月缺花飞。
>
> 手执着饯行杯,眼阁着别离泪,
>
> 刚道得声保重将息,痛煞煞教人舍不得。
>
> 好去者,望前程万里。

这样的情感惊天动地,但主人公仍然以大局为重,考虑对方的前程,既是深明大义,也是无可奈何。卢挚(1242—1314)的《双调·落梅风》也很有意味:

> 才欢悦,早间别,痛煞煞好难割舍。
>
> 画船儿载将春去也,空留下半江明月。

美与忧郁

画船儿在这里成为了夺爱的罪魁祸首,如果没有心上人在的话,这半江明月又有何意义呢? 于是乎我也仿照元曲的方式,写下了三首:

一、改姚燧《越调·凭阑人》
两处相思无计留,君上铁鸟吾倚楼。
铁鸟载君走,怎装相思愁?

二、改马致远《双调·寿阳曲》

雷声鸣,夜雨急,一声声催人心碎。
铁鸟飞高一万米,是离人几行清泪。

三、改《华山畿五首》之四三句

相别在今晚,预报不应雨,是侬泪相许。

内 心 安 宁

云南大理三塔寺的静室中有担当（1593—1673）的一联曰：

非厌客来，背结一亭于树下；
恐妨僧定，手推三塔在门前。

不仅仅对仗工整，意境也很奇特。深刻的思想和人生体悟，确实需要在沉静中思考。我每次到德国，特别是回到了自己多年留学的地方时，都有找寻回来了内心安宁（innere Ruhe）的感觉，这当然是外来的寂静带来的。歌德（Johann Wolfgang von Goethe, 1749—1832）在《游子夜歌》（Wanderers Nachtlied, 1780）中展现的是一大片静默，以及人在这静默之中心灵的沉寂：

Ein gleiches

Ueber allen Gipfeln

Ist Ruh',

In allen Wipfeln

Spürest du

Kaum einen Hauch;

Die Vögelein schweigen im Walde.

Warte nur, balde

Ruhest du auch.①

歌德这首诗有两个中文翻译，都非常传神：

《前题》
群峰
一片沉寂，
树梢
微风敛迹。
林中
栖鸟缄默。
稍待
你也
安息。（钱春绮译）②

《游子夜歌》
静笼众峰巅，
风定树梢间；
小鸟默栖密林里。
汝其来归俯仰间。（欧凡译本之二）③

———————

① Erich Trunz (Hrsg.) *Goethes Werke*. Hamburger Ausgabe in 14 Bänden. Hamburg: Christian Wegner Verlag, 1948—60. Band 1, 16. Auflage 1996, S. 555.
② 歌德著，钱春绮译：《歌德诗集》，上海：上海译文出版社，1982年，第149页。
③ 请参考吴晶编选：《抒情诗歌》，武汉：长江文艺出版社，1996年，第65页。

闲听鸟声啼茂竹

山西武乡县普济寺有傅山（1607—1684）的一副对联：

读罢楞严，闲听鸟声啼茂竹；
烧残麝脑，静观花影步苍苔。

这部署为般刺蜜帝（Pramiti，唐中宗神龙元年唐[705]，于广州制旨道场译出此经）译、房融（武则天时的宰相）笔受的唐代译经，备受明儒的推崇，甚至有"自从一见楞严后，不看人间糟粕书"（转引自徐世昌[1855—1939]《晚晴簃诗汇》卷一百九十八）的说法。《楞严经》是一部论述开示修禅、耳根圆通、五蕴魔境等禅法要义的经典，以往认为此经：无法不备，无机不摄，学佛之要门也。其中有阿难至外地托钵行乞受到摩登伽女之诱惑，几将破戒的描写，极为生动。当然，最终佛陀为摩登伽女开示，使之出家学道，终归正途。经中最为著名的是卷五之二十五圆通法门。也许正是这一部分让深谙庄子学说的傅山，达到了"闲听鸟声啼茂竹"的新境界。

东 施 效 颦

我想任何时代都有将名人的文句拿出来充面子的人,这些永远也不会成为自己思想的一部分。"文革"的时候,人们常常引用的是毛主席语录。黄宗羲(1610—1695)认为:"文必本之六经,始有根本。唯刘向、曾巩多引经语,至于韩、欧,融圣人之意而出之,不必用经,自然经术之文也。近见巨子动将经文填塞,以希经术,去之远矣。"(《黄梨洲文集》卷九,顺德邓实《风雨楼丛书》本)能够不用典而运用自如、纵横驰骋,是因为有六经的根本。韩愈(768—824)、欧阳修(1007—1072)"融圣人之意而出之",才是做学问的根本。

时 间 - 空 间

闲

喜欢杜牧（803—约852）的诗，他在《将赴吴兴登乐游原》中写道："清时有味是无能，闲爱孤云静爱僧。"孤云之闲，僧人之静，只有在这清平无所作为之时，才能真正享受得到。只有具有了不求闻达、有闲情逸致之心，才能够去咀嚼深山古寺的钟声，欣赏林泉之中的风月。这样的情致、这份的闲心，并不是每个人都会有的。

张潮说："人莫乐于闲，非无所事事之谓也。闲则能读书，闲则能游名山，闲则能交益友，闲则能饮酒，闲则能著书，天下之乐，孰大于是。"（《幽梦影》）这个"闲"是所谓的"忙里偷闲"的闲，而不是每日无所事事的闲。

实际上人是害怕空间上的空白的，因此拉丁文中才会有 horror vacui 的说法，意思是对空白的恐惧。这种恐惧会从空间上的空白延伸至时间上。现代社会的一大特点便是要将人的所有空闲时间用各种消遣的方式予以占满，这样人才能得以忙忙碌碌地度过一生。

有次在北京的地铁上，我看到一个过度忙碌的女孩：手里拿着手机不断地刷着屏；头上戴着耳机，刺耳的声音一直穿透了我的耳膜；嘴里娴熟地吃着东西……有点忙碌，但她的 Haben（占有）绝不空虚，空虚的只是她的 Sein（存在）而已。

二

人是需要有闲暇的，有闲暇才会有闲心，有闲心才真正有审美心。宋代诗人苏舜钦（1008—1048）《夏意》中有两句诗曰："树阴满地日当午，梦觉柳莺时一声。"诗中所描写的盛夏中清幽的意境，一定不是在匆忙之中的人生可以体验到的。而元代的冯子振（1253—1348）所谓"看一片闲云起处"（《正官·黑漆弩·农夫渴雨》），所表达的也是如白驹过隙般的人生，匆匆就是百年，只有做一个有闲的有心人，才能发现生活之美的道理。

闲心有时也会是在途中。宋代的赵汝镳（1172—1246）有《途中》诗，其中的前四句说："雨中奔走十来程，风卷云开陡顿晴。双燕引雏花下教，一鸠唤妇树梢鸣。"老燕调教雏燕，一家其乐融融；一只雄性斑鸠呼唤着自己的情侣，其间情意绵绵。尽管是由于天气乍晴，诗人的心情舒畅，也说明了即便在旅途之中，诗人依然有一份审美的闲心。

这也是为什么在德文中有这样的俗语"Muse braucht Muße"（缪斯需要悠闲）的原因。作为艺术之神的缪斯，是由闲情逸致铸成的。我想这也是为什么西塞罗一再提到"otium cum dignitate"（闲情逸致）的原因，因为"静中工夫，惟闲时可用"。

三

晚年的王维（699/701—761）退居林下后，开始了隐居的生活。他在松林中追求恬静的生活："松风吹解带，山月照弹琴。"（《酬张少府》）林间的清风吹解他的衣带，在山林的明月之下，悠然地弹着琴。在这一意境之中，尽管想象的成分居多。但如果没有一份闲心的话，自然也不会有这样悠然自得的妙语。

四

洪昇(1645—1704)《长生殿》有"惊变"一折，描写唐明皇与杨贵妃游赏御花园的情景："天淡云闲，列长空数行新燕。"是因为人有闲情逸致，才能看到天之高远恬静，云之舒卷从容，才能欣赏到天空中南飞的数行新燕。这是"惊变"之前对一对恋人悠闲自在心境的描写。

五

"晚来风定钓丝闲，上下是新月。"(《好事近·摇首出红尘》)宋代的朱敦儒(1081—1159)晚年寓居嘉兴，常常垂钓以打发时日。在没有风的傍晚，悠然地垂钓，欣赏着天上、水中各有一弯新月。地面上没有一丝儿的风，这是垂钓的最佳环境了。正因为此，才有之后的"千里水天一色，看孤鸿明灭"的景象。这样的闲适生活，养成了词人的一份闲心，这是在官场上的人所不具备的。

六

王安石(1021—1086)退出了政治舞台后，才开始有闲适之情和超脱的情怀，这同时也说明他是一位拿得起放得下的政治家。《北山》中有两句——"细数落花因坐久，缓寻芳草得归迟"——将这一悠游闲散的心境表现得淋漓尽致。这是以丰神远韵的风格在诗坛上自成一家"王荆公体"。

七

以闲心来看世界，有时会有意想不到的发现。翁卷在《野望》中写道："闲上山来看野水，忽于水底见青山。"这是信步上山时出人意表的发现：一般来讲，看山需要抬头仰视，但诗人却在水中俯视到了青山！诗中透着一种意料之外的对新发现的喜悦。

八

张潮有关水声、风声、雨声的论述很妙。他写道："水之为声有四：有瀑布声，有流泉声，有滩声，有沟浍声；风之为声有三：有松涛声，有秋草声，有波浪声；雨之为声有二：有梧蕉荷叶上声，有承檐溜筒中声。"（《幽梦影》）如果没有"清风明月两闲人"（欧阳修《会老堂致语》）的悠游自在的闲适心境的话，绝对不可能观察到这些不同的自然声响。

九

张潮认为"清闲可以当寿考"（《幽梦影》）。曾青藜的评语曰："'无事此静坐，一日似两日。若活七十年，便是百四十。'此是'清闲当寿考'注脚。"（同上）很有道理。因此才有汾阳无德禅师善昭（947—1024）的话："脑裂始知忙。"张潮从另外一个方面做了阐释："不静坐不知忙之耗神者速，不泛应不知闲之养神者真。"（同上）人生疲于奔命，漂泊不定，也会让人开始思考人生的意义。王九龄的两句诗曰："世间何物催人老，半是鸡声半马蹄。"（《题旅店》）人自然会在劳累忙碌的生活中渐渐老去的。闲与忙是一对辩证的关系。"能闲世人之所忙者，方能忙世人之所闲"（《幽梦影》），这才是真正的智者。

十

有时"闲"字所要表达的是失意潦倒的落魄。在李涉(约806年前后在世)的"因过竹院逢僧话,又得浮生半日闲"(《登山》)诗句中,貌似超脱,实则是怀才不遇、心蕴孤愤之情。这半日闲,实际上是在虎落平阳时打发时光而已。

十一

熙宁七年(1074)苏轼在赴密州任时,作了一首词《沁园春·孤馆灯青》寄给了他的弟弟苏辙(1039—1112)。在时局所需与是否出仕之间,苏轼提出了作为旁观者落得清闲的看法:"用舍由时,行藏在我,袖手何妨闲处看。"这是佛道出世的旷达态度的体现。实际上,在苏轼身上既能看到乐于承担社会责任的儒家精神,同时也有享受大自然的道教智慧,以及佛教所带来的对形而上学问题的追思。

十二

同为美丽的春色,对于采桑的农夫来讲,"蚕事正忙农事急,不知春色为谁妍"(朱淑真[约1135—约1180]《东马塍》),这大好的春光只好空自暄妍。只有在文人雅士的闲中,才能体会这其中的美来。

十三

如果忙得没有时间读书怎么办?吴应箕(1594—1645)给出了一个好办法:"余尝谓读书则无日不闲,不读书则无日不忙,是读书又却事之第一法也。"(《读书止观录》)在吴氏看来,忙是不想读书时找的借口而已。

十四

纪昀（1724—1805）的《阅微草堂笔记》（二十四卷，1789—1798 年间陆续写成）是从《滦阳消夏录》六卷开始的。他在小序中称："乾隆己酉夏，以编排秘籍，于役滦阳。时校理久竟，特督视官吏题签庋架而已。昼长无事，追录见闻，忆及即书，都无体例。"[1]乾隆己酉是乾隆五十四年，也就是 1789 年。当时纪昀在承德的编排秘籍的公务结束后，白天无事可做，按照他的说法，《滦阳消夏录》是闲出来的学问。

十五

鲁迅在《革命时代的文学》中说："到了大革命的时代，文学没有了，没有声音了，因为大家受革命潮流的鼓荡，大家由呼喊而转入行动，大家忙这个名，没有闲空谈文学了。"（1927 年 4 月 8 日在黄埔军官学校的演讲，后收入《而已集》）[2]可见，文学不可能产生在革命的洪流之中，只可能是闲人的事情。

十六

意大利理论物理学家卡洛·罗韦利（Carlo Rovelli, 1956— ）在《七堂极简物理课》的第一课"最美的理论"的一开始，便谈到了爱因斯坦（Albert Einstein, 1879—1955）少

---

[1] 纪昀著，汪贤度校点：《阅微草堂笔记》，上海：上海古籍出版社，1980 年，第 1 页。

[2] 鲁迅：《革命时代的文学》，收入王世家、止庵编：《鲁迅著译编年全集》（捌·一九二七），北京：人民出版社，2009 年，第 80 页。

年时代的"无所事事"：

　　少年时代的爱因斯坦曾度过一年无所事事的时光。很可惜，现在很多青少年的父母经常会忘记这样一个道理：一个没有"浪费"过时间的人终将会一事无成。那时候，爱因斯坦因为受不了德国高中的严苛教育而中途辍学，回到了他位于意大利帕维亚的家中。那个时候正是20世纪初，意大利工业革命刚刚开始，他的工程师父亲正在波河平原上建造第一批发电站。而爱因斯坦则在阅读康德的著作，偶尔去旁听帕维亚大学的课程——他听课只是为了好玩，既不注册学籍，也不参加考试。但正是这看似儿戏的行为使他成为真正的科学家。①

　　对于爱因斯坦来讲，这一年的"闲适"，造就了他未来的事业。

───────────

① 卡洛·罗韦利著，文铮、陶慧慧译：《七堂极简物理课》，长沙：湖南科学技术出版社，2016年，第3页。

闲　与　淡　定

一

日照礒山寺有联曰："山阔容我静,名利任人忙。"

在今天物欲横流、瞬息万变的社会,如何保持一颗平静、自在的心态,的确需要吾辈深思。

佛法是心法,心闲一切闲。德山宣鉴(782—865)说:"无心于事,无事于心。"意思是不要执着于任何事情。只有这样才能保持自在之心。

元稹《定僧》一诗中有"野僧偶向花前定,满树狂风满树花"之句。只要心定,狂风也是定,静花也是定。禅者心定,于此一切相对俱不取。

二

八指头陀曰"万法本闲人自闹",很有道理,正如六祖慧能的说法,"仁者心动",才见风动、幡动。只要自己内心不闹,世间何处不闲?

八指头陀诗云:"我爱孤云独住山,孤云应笑我心闲。"(《山居》)这第二句写得实在好,实际上也是诗人引以为豪的。

此外,静安在《归茅山》中有四句,我也很喜欢:"禅心不及白云闲,荏苒风尘老客颜。一别林间惊岁晚,归来红叶满秋山。"也就是说,拥有禅心还不如化作白云。

三

黄檗(?—855)《传心法要》云:"我此宗门不论此事,但知息心自即休,更不用思前虑后。"在此,"息心"是关键,可见如果能做到的话,真的不易。

王安石《北山》云:"细数落花因坐久,缓寻芳草得归迟。"这样的情趣与闲情逸致,今天好像很少有人会有了。

杜甫《江亭》:"水流心不竞,云在意俱迟。"心如流水不与物竞,意如闲云缓缓而动。人的一生岂能仅在追逐名利,与物相争之中?

今人已经很少有古人那种安然的心态了,人的境遇是因缘而生的,好或不好都犹如梦幻空花,不碍自性清净,法喜充盈。做到不随境转,自在欢喜,并不容易。

实际上"欲觅一不闲而不可得,但欲觅一个闲,也是不可得",可见"闲"并非觅得到的。

王安石:"青山扪虱坐,黄鸟挟书眠。"面对青山自由自在地坐着捉虱子,之后挟着书卷,听着黄莺的歌唱而悠然地休息。其悠闲自在之神情,如见如闻!

反过来,对于不谙世事的众生来讲,很难有云栖袾宏（1535—1615）的眼力。他在《竹窗二笔》中写道：

醉生梦死。恒言也，实至言也。世人大约贫贱富贵二种。贫贱者，固朝忙夕忙以营衣食。富贵者，亦朝忙夕忙以享欲乐。受用不同，其忙一也。忙至死而后已，而心未已也。赍此心以往，而复生，而复忙，而复死，死生生死，昏昏蒙蒙，如醉如梦，经百千劫，曾无了期。朗然独醒，大丈夫当如是矣。

可见，不论贫贱还是富贵，都无法逃脱一生忙碌的宿命。可惜大部分人悟不得其中的三昧。

四

"清风明月谁供养，红树青山我主持"这一联甚妙！

一切可以做的事情都必须要做吗？

神之所以在第七日休息并非出自疲惫的原因，而是想欣赏一下自己的创造物。Sabbat（安息日）对于众生和非生命之物诸如土地等，同样重要，这一切同样需要休养生息的权利。安息日的设置并非是以人为中心的，因为无论是麦田还是玉米地，每隔几年必须休耕，不然的话土地很快就会贫瘠。每年冬天都有一些土地需要休耕，而休耕就会减缓春种秋收的节奏。据说教育工作者最初在建立教育规范时，所遵循的就是与此类似的休耕原则：头脑需要耕耘，但不能过量，否则同样会贫瘠。这也是假期为什么一定要有的原因。

时间与河流

这两者共同之处在于其线性的不可逆转性，智者们很早就发现了这一点：

子在川上曰：逝者如斯夫，不舍昼夜。（《论语·子罕》）

俟河之清，人寿几何？（《左传·襄公八年》）

汨余若将不及，恐年岁之不吾与。（屈原［前

340—前278]《离骚》)

百年如流水,寸心宁共知。(谢朓[464—499]《泛水曲》)

尺波易流,寸阴难保。(刘潜[484—550 间]《为南平王让徐州表》)

你要把时间当作小溪,坐在岸上,观其流动。(纪伯伦[Kahlil Gibran,1883—1931])①

人 生 如 逆 旅

人生在历史的长河中仅仅是过客而已。因此没有必要执着于很多的事情。苏轼《临江仙·送钱穆父》中说:"人生如逆旅,我亦是行人。"这与《古诗十九首》中的"人生天地间,忽如远行客"是一脉相承的。只是,东坡的词句清旷超迈,而汉代的诗句明显是在遭受挫折后发出的感慨。

---

① 纪伯伦著,钱满素译:《先知·沙与沫》,北京:北京十月文艺出版社,2005 年,第 51 页。

人 生 如 河 流

英国哲学家罗素（Bertrand Russell，1872—1970)曾经说过："个人的存在应该像一条河流，开始很小，被紧紧地夹在两岸中间，接着热情奔放地冲过巨石，飞下瀑布。然后河面渐渐地变宽，两岸后撤，河水流得平缓起来，最后连绵不断地汇入大海，毫无痛苦地失去了自我的存在。"[①]罗素认为，人生的老年阶段是真正能够从容地欣赏着这条宽阔河流的两岸风光的阶段，是达到了"从心所欲不逾矩"的境界的阶段。李白在《渡荆门送别》中说"山随平野尽，江入大荒流"，我觉得讲的正是这一阶段：出了荆门的长江，奔腾直泻进入了广阔的平野。之后便归于平静，但却因此拥有了更广阔的视域。唯有那些经历过激流、暗涌的人们，才能从容地享受那宽阔平静的新天地。

[①] 罗素：《如何安度晚年》("How to grow old")，收入亚历山大（L. G. Alexander)、何其莘合编：《新概念英语》(4)，北京：外语教学与研究出版社，2009 年，第 66 页。

百 年 哀 乐 又 归 空

包佶(？—792)《观壁卢九想图》诗云：

一世枯荣无异同，百年哀乐又归空。
夜阑鸟鹊相争处，竹下真僧在定中。

因缘变化之后，枯荣哀乐必将同样随之消失。而芸芸众生对此却了无所知，为了世间的得失而争斗不休。这就好像是鸟雀相争，在人看来，煞是可笑。而在竹下入定的真僧，看到人世间为名利而勾心斗角的蝇营狗苟的人，一定也觉得可笑之至。因为深入禅定之中，才能真正享受到进入到实相之中的寂灭之乐。

唐 宋 之 别

署为长沙开福寺戒元所藏手抄件《侍僧八指头陀遗事》中云：

或问唐宋诗分别处，则曰："唐人诗纯，宋人诗薄；唐人诗活，宋人诗滞；唐诗自然，宋诗费力；唐诗缜密，宋诗疏漏；唐诗铿锵，宋诗散漫；唐诗温润，宋诗枯燥；唐人诗如贵介公子，举止风流，宋人诗如三家村乍富人，盛服揖宾，辞容鄙俗。"比喻亲切，殊令人解颐。①

这段有关唐宋诗之区别的论述极妙！唐代的审美依然是感性的，而宋代的审美转向了散文与哲思，基本上不再有诗歌的审美了。所以宋诗读来有静安的感觉。

一 瞬 曙 光 成 夕 阳

悲秋当然与季节有关，但更重要的是，在这样的一个季节，真的让人感到淡淡的哀愁。五十岁生日的时候，我曾想到过宋人李觏（1009—1059）悲秋的诗句："数分红色上黄叶，一瞬曙光成夕阳。"（《晚秋悲怀》）从中好像一下子悟到了鸠山对李玉和所说的"人生如梦，转眼即是百年"的道理。李觏诗句中的夕阳，表面上是在描写大自然的变化，实际上更多地是在感慨人生之无常。而曙光转瞬之间便成为了落日的余晖，也给人以日薄西山的凄凉之感。

---

① 八指头陀著，梅季点辑：《八指头陀诗文集》，长沙：岳麓书社，1984年，第528页。

有 罗 马 语 言 的 地 方 就 是 罗 马

语言的认同，实际上是民族的认同。启蒙时代在知识界流行的一句拉丁文是："Ubi cunque lingua Romana, ibi Roma."意思是说：有罗马语言的地方就是罗马。拿破仑占领德意志后，激起了空前热烈的民族情绪。1813 年莱比锡战役之后，后来成为波恩大学教授的阿恩特（Ernst Moritz Arndt, 1769—1860）将上述的话改为：哪里有人说德语，哪里就是德意志。我在波恩留学的时候，汉学系的办公室旁边是莱茵河的老关税站（Alter Zoll），那里有阿恩特的铜像。顾彬教授带我去看的时候，说你不一定知道他，但鲁迅（1881—1936）在文章中提到过阿恩特。对于爱国者阿恩特来讲，德语的范围实际上就是作为民族国家的德意志的势力范围。

中 国 倒 了 一 袋 米

以前在德国常说的一个比喻是："In China ist ein Sack Reis umgefallen."中国倒了一袋米，这是再正常不过的事情了，不值得大惊小怪，生活在德国的人也不会对此感兴趣的。但是当代的情况却发生了很大的变化，如果我们来看所谓的蝴蝶效应（Butterfly Effect）的话，就会知道世界的各种事件之间有着千丝万缕的联系，很多是我们所不了解的。因此，有的历史学家将全球的历史称作"entangled histories"（相互纠缠的历史）。实际上，以往以民族国家的方式来撰写的分开的历史是简化了的历史，而"纠缠的历史"（也被译成"交互史"）才是历史的常态！

先 生 – 后 生

"先生"一词本来的意思一定像朱熹所说的那样"先生，首生也。"（朱熹《诗集传·大雅·生民》）后来慢慢过渡到"年长有学问的人"，如孟子所言："宋牼将之楚，孟子遇于石丘，曰：'先生将何之？'"最终指"老师"："（童子）无事，则立主人之北南面，见先生，从人而入。"（《礼记·玉藻》）。相反，"后生"一词最初也是"较后出生"的意思："男子先生为兄，后生为弟。"（《尔雅·释亲》）后来用来转指"弟子、学生、年轻人"："夫为弟子后生，其师，必修其言，法其行，力不足知弗及而后已。"（《墨子·非儒下》）

这所体现的是儒家的祖先崇拜。这从儒家祭祀天地君亲师，可以看得非常清楚。

亚里士多德说："Amicus Plato, amicus Socrates, sed magis amica veritas."（Aristoeles, *Nic. Eth.* 1, 4, 1096a 16）意思是说，我爱柏拉图，也爱苏格拉底，但更爱真理。而基督教则更是清楚地辨别了人的权威与神的权威。这可能是利玛窦（Matteo Ricci, 1552—1610）之后中西礼仪之争最难解决的问题吧。

Seminar 与 中 国 历 史

1980 年代上大学的时候，开始接触 Seminar(研讨班)的课型，但真正了解如何上研讨班，还是到了德国读书之后。2009 年法兰克福书展中国是主宾国，我的一本德文小书首发，开了一个小型的座谈会。座谈会后一位德国记者问我，中国和德国在文化方面最大的差异是什么？我当时觉得这是没有办法回答的"大"问题，还是尝试着就"讨论文化"(Diskussionskultur)与"权威文化"(Autoritätskultur)，简单地谈了自己的看法。实际上现代西方的民主体制起源于希腊的城邦制(polis)，组成所谓的长老会议(senat)，这样便开了共同治理的先河。中国基本上是大一统的思想，从秦始皇帝统一中国，一直到毛泽东(1893—1976)的时代，好像从来没有改变过。据说，三大战役之后，斯大林(Иосиф Виссарионович Сталин，1878—1953)曾经建议国共"划江而治"，被毛泽东断然拒绝。毛在《人民解放军占领南京》中写道："宜将剩勇追穷寇，不可沽名学霸王。"

1925 年，鲁迅在《灯下漫笔》中写道，中国历史实际上只有两个阶段："一，想做奴隶而不得的时代；二，暂时做稳了奴隶的时代。"①

---

① 鲁迅：《灯下漫笔》，收入王世家、止庵编：《鲁迅著译编年全集》（陆·一九二五），北京：人民出版社，2009 年，第 194 页。

洪谦与逻辑实证主义思想

前些日子在维也纳大学的档案馆找到了洪谦(Tscha Hung, 1909—1992)于 1934 年在石里克(Moritz Schlick, 1882—1936)教授门下撰写的博士论文《今日物理学中的因果律问题》(*Das Kausalproblem in der heutigen Physik*)和相关的档案。因果律在物理学、数学和逻辑学中都是极为重要的概念,但当时维也纳学派(Wiener Kreis)的目的还是要在自然科学发展的基础之上,探讨哲学和科学方法论的问题。尽管后来石里克遇刺身亡,维也纳学派也告终结,但却促成了二战后英语世界分析哲学的勃兴。洪谦从而也成为了 20 世纪为数极少的对世界哲学产生影响的学者。

德 国 的 1 1 月

德国由于纬度比较高,冬日的白天很短:通常9 点多天才亮,下午 4 点多天又黑了。如果再赶上阴天、下雨,一整天都是阴沉沉的。11 月份由于是秋冬之交,常常给人以肃杀感觉。而到了 12 月份情形就完全不同了,由于临近圣诞节,人们怀有无限的希望。因此,11 月份是德国最为抑郁的一个月份,很多人在这样的季节选择自杀。当然了,大部分的诗作和哲学著作,也都是在这一个月完成的。我常常开玩笑说,如果一个人在 11 月不自杀的话,那一定会成为诗人或哲学家。最近重读海涅(Heinrich Heine, 1797—1856)的长诗《德国——一个冬天的童话》(*Deutschland. Ein Wintermärchen*, 1844),发现他从法国去德国的旅行正是在 1843 年的 11 月:"在凄凉的十一月,/日子变得更阴郁,/风吹树叶纷纷落,/我旅行到德国去。"(冯至译文)①(Im traurigen Monat November war's,/Die Tage wurden trüber,/Der Wind riß von den Bäumen das Laub,/Da reist' ich nach Deutschland hinüber. ②)正是树叶凋零、黄叶满地的 11 月——象征着凄凉、阴郁的普鲁士,诗人开始了他"一个冬天的童话"的旅行。

---

① 海涅著,冯至译:《德国,一个冬天的童话》,北京:人民文学出版社,1990 年,第 7 页。
② Heinrich Heine, Deutschland. Ein Wintermärchen. In: *Neue Gedichte*. Hamburg: Hoffmann und Campe, 1844. S. 279.

四　海　之　内

落 叶 他 乡 树

马戴(799—869)《灞上定居》中有两句："落叶他乡树,寒灯独夜人。"

诗人滞留灞上的孤寂之情,完全融入了周围的景物之中。秋天落叶是自然现象,但如果发生在人在他乡的秋天,自然是不一般。在德国留学的日子,特别是在深秋阴冷的季节,白天往往很短暂,我常常脚踏早已枯萎的败叶,在哥德斯堡公园里独自散步,凄风苦雨是外人很难想象的。我一人独处的时候,想到当时的情景还会感到一种莫名的凄苦!由于我住的二层上下左右都没有其他人居住,每次回来都要先开暖气,有时冬天回来,大半夜是冰冷的四壁,长夜难挨。

解 暑 的 新 词

　　夏目漱石（1867—1916）在他的名著《我是猫》（1906）中从一只猫的角度描写了对酷热的想法："据说有个英国人吉德尼·史密斯因为受不了暑热，曾说过真想把皮肉都除掉，只剩下骨头来凉爽凉爽。"①钱继章（明崇祯九年 1636 年的举人）说得更妙："熏风未解池亭暑，捧出新词字字冰。"（《鹧鸪天·酬孝峙》）作为明朝的遗民，钱氏的玉壶冰心是对明王朝的忠贞，冰清玉洁的超脱态度，是与清政府的不合作。当然，诗句不仅仅会产生消暑的功效，也会幽香无比："嫣然摇动，冷香飞上诗句。"（姜夔［1154—1221］《念奴娇·闹红一舸》）荷花的冷香，像少女甜美的微笑，飞上了诗句。

----

① 夏目漱石著，刘振瀛译：《我是猫》，上海：上海译文出版社，2007年，第 157 页。原文见：《漱石全集》（1993—1999 年），東京：岩波書店，第 1 卷，第 182 页。

海 德 格 尔 的 小 木 屋

一

海德格尔在黑森林托特瑙贝尔格(Todtnauberg)山上的小木屋(Hütte)成了一个神奇的地方。英国卡迪夫大学(Cardiff University)的建筑师亚当·莎尔(Adam Sharr)专门写过一本研究专著《海德格尔的小木屋》。[①] 2012 年 5 月我专门去看了这座小木屋,整洁、简单的小木屋中,至今依然散发着松木特有的香味。海德格尔将山上的泉水引到了小木屋的东侧,正对着他工作室的两扇窗子。他留下的照片中有一幅是左手拎着白色水桶的照片,而旁边的泉水流淌不止。如果在夜深人静的时候,一轮明月和无数星星倒映在小水池中,尽管长流水的涟漪将明月分成无数的亮点,作为诗人的海德格尔还是可以将水中的月亮、星星一并舀进瓢中:"夜深更饮秋潭水,带月连星舀一瓢。"(郑燮[1693—1765]《访青崖和尚和壁间青岚学士虚亭侍读原韵》其二)这与唐人的"掬水月在手"(于良史《春山夜月》)有异曲同工之妙。

二

小木屋前的山与泉,这当然也是海德格尔哲学思考的源

---

① Adam Sharr, *Heidegger's Hut*. London: The MIT Press, 2006. 德文版: Adam Sharr, *Heideggers Hütte*. Berlin: Verlag Brinkmann & Bose, 2010.

泉。这些同时也是修身养性的所在:"振衣千仞岗,濯足万里流。"(左思[约250—约305]《咏史诗》其五)尽管这里的山峰没有千仞,泉水没有万里,但这些对于一个自由思考的知识分子来讲已经足够了。

三

托特瑙贝尔格山上的小木屋真的给人以"夜卧千峰月,朝餐五色霞"(萨都剌[约1272—1355]《游梅仙山和唐人韵》)的清冷之美。夜间在层峦叠嶂的黑森林中的小木屋入睡,第二天的早餐伴着五彩缤纷的云霞,真是神仙般的生活。正是在这宁静而开阔的环境中,海德格尔创作了一本又一本旷世的杰作。

四

那次去黑森林中去看海德格尔的小木屋,傍晚夕阳西下的时候,我离开托特瑙贝尔格山。"云光侵履迹,山翠拂人衣。"(裴迪《华子冈》)当时感觉到,夕阳的余晖侵染在我的脚步上,而从小木屋附近的松柏那边吹来阵阵松香,轻轻拂着我的衣衫。我随手捡起了一个松果,"海德格尔松果"一直到今天依然在我办公室的柜子里散发着清香。

五

门外不知春雪霁,半峰残月一溪水。

——周弼(1194—1255)《夜深》

黑森林中的初春依然寒冷。在夜晚常常是整个托特瑙贝尔格山上只有海德格尔的小木屋依然亮着灯。书桌前他在用心写着什么。写到累的时候，他推开了窗子，朝正对着的山坡和泉水处看去，屋外已降过一场春雪，半山腰挂着一弯残月，泉水还在不停地流着，不过水池依然结着冰。

六

碧山过雨晴逾好，绿树无风晚自凉。

——黄溍（1277—1357）《夏日漫书》

黑森林尽管地处德国的西南部，但因为是在山中，即便是盛夏也不会感到暑热，更何况山中常常会下雨。雨后，经过冲洗的山林愈加清新、碧绿。雨驱走了暑意，即便没有风的话，也让人感到凉爽宜人。我想这也是为什么海德格尔要在托特瑙贝尔格山上建小木屋的原因了。

七

非必丝与竹，山水有清意。

——左思（约 250—305）《招隐诗》其一

黑森林中松涛阵阵，小木屋旁泉水叮咚，大自然自身的音响构成了一首首动听的乐曲，令人赏心悦耳，心旷神怡。

八

泠泠七弦上，静听松风寒。古调虽自爱，今人多不弹。

——刘长卿（约 726—约 786）《听弹琴》

如果反过来理解的话,尽管在这山中没有古琴,但寒风吹入松林的天籁,胜过清幽的古琴声。海德格尔划时代意义的哲学在于对古希腊哲学(古调)的重新解释。

九

海公习禅寂,结宇依空林。户外一秀峰,屋前众壑深。夕阳连雨足,空翠落庭阴。看取山泉静,方知不染心。

——孟浩然[689—740]《题义公禅房》,原诗为:"义公习禅寂,结宇依空林。户外一秀峰,阶前众壑深。夕阳连雨足,空翠落庭阴。看取莲花静,方知不染心。"

海德格尔在黑森林中依山傍水所建的小木屋,正因为那边是远离喧嚣的闹市,才是海公安静地进行哲学沉思的好去处。小木屋建在托特瑙贝尔格山腰,屋前可见广阔的坡地。可以想象,日暮时分,骤雨初歇,四周的山林被冲刷一新。在小木屋前观察四周空翠的山影,清新醉人。而海德格尔从山上引来的泉水,正是他深邃哲思的不染源泉!

十

王嘉(东晋学者)曾记载东汉学者任末在林下"结庵"的事迹:"或依林木之下,编茅为庵,削荆为笔,刻树汁为墨。夜则映星望月,暗则缕麻蒿以自照。观书有合意者,题其衣裳,以记其事。门徒悦其勤学,更以净衣易之。"(《拾遗记》)这简直是海德格尔小木屋的写照,只是海德格尔时代已经可以在纸上写字了,不需要写在衣服上!

十一

海德格尔的小木屋让我常常想到《宋史·李沆传》中的一句:"巢林一枝,聊自足耳,安事丰屋哉?"实际上,对于思想者来讲,所需要的物质生活是有限的,很多的东西是不必要的。看了海德格尔在小木屋中和附近的一些"生活照",觉得这跟他在哲学上的成就是相符的。颜元(1635—1704)说:"君子之处世也,甘恶衣粗食,甘艰苦劳动,斯可以无失矣。"(《颜李遗书·颜习斋先生年谱》)这里有上纲上线成了道德价值判断尺度的嫌疑,实际上粗茶淡饭,适当的体力劳动,是更健康的生活方式,没有必要将之道德化。

十二

八指头陀在光绪二十六年(庚子,1900)《忆四明山水四首并记》之二的最后两句写道:"我有茅庵临绝顶,白云应为护禅床。"像是为海德格尔在黑森林中的小木屋所写,只不过小木屋建在半山腰,但意境却有相通之处。

十三

唐张乔有《赠仰大师》一首,其中有两句为:"野云居处尽,江月定中明。"我以为这两句可以很好地说明海德格尔在黑森林的小木屋中的隐修、思考、读书、写作的生活,同时也体现了海德格尔清净的境界:一切山下(世间)的烦恼都远离山间小屋。海德格尔的哲学思考也因没有任何的扰乱而更加深邃、致远,就如同江水平静时才能显出月之明亮一般。

对海德格尔的回忆

　　2012年5月初,我到黑森林中的小木屋,在那边待了半天的时间,除了看了木屋本身之外,也重走了海德格尔从前散步的路。晚上跟几位朋友一起吃饭,其中有海德格尔以前的学生、现在已经退休的音乐教授布德(Elmar Budde, 1935—　),他送给了我1962年1月31日海德格尔的一次公开演讲录音。他说,1955、1956年的时候,他常常会上山给海德格尔送酸奶,作为回赠海德格尔会送给他香烟。"海德格尔也不抽烟,我也不抽烟,当时送给我的基本上都是美国的香烟,什么'骆驼'呀等等,之后我也都送给其他抽烟的同学们了。现在想想要是留下来一盒做个纪念就好了。"布德说,海德格尔讲课的提问方式让他感到非常不一般,他举了Geschichte(历史)的例子,问大家什么是历史,就是Historie,但是德国人为什么称作Geschichte呢?之后他才开始他的阐释。

　　熊伟(1911—1994)在回忆海德格尔的授课时写道:"我曾亲听海德格尔讲课三年,总觉他不像一个教授在贩卖哲学知识,而是一个诗人,满堂吟咏。一股奇异的风格萦系脑际,几十年来不得其解。而今逐渐体会到:海德格尔是一个哲学家。"①

---

① 熊伟:《海德格尔是一个哲学家——我的回忆》,收入熊伟:《自由的真谛——熊伟文选》,北京:中央编译出版社,1997年,第125页。

东看则西，南看则北

全球史的兴起，不仅彻底抛弃了西方中心主义，同时也摈弃了东方中心主义，乃至中国中心主义。《楞严经》上说："如人以表为中时，东看则西，南看则北。表体既混，心应杂乱。"究竟孰为表，孰为题，好像真的很难区分。这就像后来的"中学为体，西学为用"的口号，最终好像也没能拯救得了中国。

动静等观与去中心主义

跟顾彬一起去阳台山的大觉寺，很喜欢那边 15 世纪的佛像，古朴凝重。寺院的无量寿佛殿的匾额"动静等观"是乾隆皇帝的御笔，顾彬问我是什么意思。我想所谓的"等观"是让人去除分别之心，破除"我执"。佛教认为，虚妄分别之心，会产生对事物或事理的固执不舍，这是所谓的迷执，梵语称 abhinive-śa。对于人我的执着，称为我执，对于世间万物的执着，称为法执。前者会产生烦恼障，而后者则产生所知障。因此，大乘佛教主张二执皆空。这样的主张当然与全球史观的去中心主义有相通之处。如果去除掉了"我执"，自然不会有所谓欧洲中心主义，抑或中国中心主义的存在了。

公 共 空 间

　　元代关汉卿的戏曲之所以有名，是因为他的语言特别具有生命力。据说，他常年混迹于青楼茶馆、勾栏瓦肆之中，同一些社会底层的艺人接触颇多。他像马丁·路德（Martin Luther, 1483—1546）一样，学会了最有表现力的民间的说法。德文有个说法："Luther wollte dem Volk aufs Maul schauen."意思是他希望观察学习到民间的表达方式。因为如果能让当时90％以上的农民都理解《圣经》的话，那么德语《圣经》的译文所使用的一定是民间的语言。因此，对于作家来讲，当时的这些公共空间起到了非常重要的作用。关汉卿在《南吕一枝花·不伏老》中写道："我是个蒸不烂、煮不熟、锤不扁、炒不爆、响珰珰一粒铜豌豆。"这句散曲不论从内容到形式，都是在当时直接、生动、简明的老百姓的语言基础上的加工。这样的公共空间，与19世纪中叶以来维也纳咖啡馆的功用很接近。

雾 霾 日 读 苏 轼

　　北京的雾霾，让人无限向往古代作品中的湖光山色。读着这些沁人脾肺的诗句，最起码能让人在心灵上远离雾霾。近日读苏轼的《书林逋诗后》开头的两句，"吴侬生长湖山曲，呼吸湖光饮山绿"，真是让人清新爽朗。西湖之水碧波荡漾，群山郁郁葱葱。到了这样山清水秀的地方，当然要张口做几次深呼吸，饱尝翠绿的山色了。近年来，我每次到德国小住，都会到附近的森林中去做类似的深呼吸。

A r t e m q u a e v i s a l i t t e r r a

"Artem quaevis alit terra"，古罗马帝国开国皇帝奥古斯都（Augustus，前63—14）说的这句话，意思是，不论在哪里，艺术家都会有饭吃。但以什么样的方式来吃饭，是极其不一样的。很多艺术家会攀附权贵，出卖良心，而有些艺术家却守得住清贫。唐寅（1470—1524）的《言志》中有两句，体现的正是不愧不怍的艺术家："闲来写就青山卖，不使人间造孽钱。"郑燮（1693—1765）曾在山东潍县做过知县，后来受屈遭罢官。之后他写下了"写取一枝清瘦竹，秋风江上作鱼竿"（《画竹别潍县绅民》）的诗句，可谓千古绝唱。诗人兼画家恬淡高洁、不求名利之心，如闻其声。

昭 君 出 塞 与 奥 地 利 联 姻

竟宁元年(前33)正月,匈奴单于呼韩邪第三次朝汉,自请为婿。宫女王昭君(约前52—约前15)出塞与匈奴联姻。单于非常高兴,上书表示愿意永保塞上边境。和亲联姻的政策不仅仅在中国古代是常常使用的一种处理民族和国家关系的重要手段和策略,奥地利人更是"深谙此道"!拉丁文中有一句话说:"Bella gerant alii, tu felix Austria nube. Nam quae Mars aliis, dat tibi regna Venus."意思是说:让其他国家打仗去吧,受到祝福的奥地利去和亲吧。其他国家通过战神获得的,你可以通过爱神获得。

维 也 纳 的 性 格

维也纳有自己的性格,尽管从面积和人口上没法跟伦敦、巴黎、柏林相比,但她却有着自己的雍容。这是一座有着悠久历史、往日辉煌的大都市,多年前她曾是奥匈帝国的首都,那是何等的尊贵和荣耀!随着岁月的流逝,今日的维也纳尽管已经失去了其往日的政治地位,但作为大都市的气派、风度依然如故。正像这里的葡萄酒和咖啡一样,维也纳也愈久弥香,愈来愈有味道。鳞次栉比的咖啡馆,让人想到当时帝国首都有闲阶层的舒绅缓带。维也纳的风格真的是在意大利的烂漫中融合了德意志的井然有序。我想,德文中的 Gemütlichkeit(闲适、惬意)用来说明维也纳人的心境是再恰当不过的了。维也纳既不像哥伦比亚那样盛产咖啡,也不如瑞士以加工咖啡而著称,但它却将喝咖啡变成了文学、哲学乃至艺术。初到维也纳的日子,你会感到仿佛整个城市飘荡着浓郁的咖啡味道,真正在那里生活几天之后,你才会明白空气中所弥漫的实际上是维也纳的洒脱和闲雅。在这一点上,没有欧洲的哪个城市能跟维也纳媲美。

Toga 与 长 衫

拉丁文中说"gens togata",意思是穿托加(toga)长袍的人,这是我们在罗马雕塑、绘画以及影视作品中可以看到的呈半圆形的长袍,是罗马人的身份象征。当时没有罗马公民权的人是禁止穿着托加的。

鲁迅作品《孔乙己》中的主人公孔乙己初次出现在酒馆里,就给人留下了深刻印象,因为他是唯一站着喝酒却穿着长衫的人。① "长衫客"自然以上层地主阶级、有钱人和读书人为主了,但孔乙己即便穷困潦倒,也不愿意放下文人的臭架子。不知道孔乙己死去的时候,是否也穿着他的长衫?

---

① 鲁迅《孔乙己》(1919),收入王世家、止庵编:《鲁迅著译编年全集》(叁·一九一八至一九二〇),北京:人民出版社,2009 年,第 145 页。

此 生 此 夜 不 长 好

按照儒家的伦理学说,孝悌(孝顺父母、敬爱兄长)是做人的美德,同时也是孔子"仁"的学说的根本:"孝悌也者,其为仁之本与?"(《论语·学而》)不过有关兄弟之间情谊的描写并不多。熙宁十年(1077)中秋,时任徐州知府的苏轼与苏辙同在当地赏月。此时苏轼写了《阳关曲》以表达兄弟团聚的喜悦。想到未来,苏轼不禁流露出了对即将离别的悲哀:"此生此夜不长好,明月明年何处看。"(《阳关曲·中秋月》)兄弟相见不易,良夜难逢,理应尽情欢愉,但苏轼又感到人生似飞鸿雪泥,萍踪无定,顿生伤离惜别之情。从中可以看到苏轼、苏辙兄弟之间的亲情。

早在仁宗嘉佑六年(1061),苏轼任凤翔府判官,弟弟苏辙送他至郑州。当时弟弟已经离去,隐没在起伏的山峦之中,但苏轼依然走到高处,频频回首:"登高回首坡垅隔,惟见乌帽出复没。"(《辛丑十一月十九日既与子由别于郑州西门之外》)苏轼与弟弟之间依依惜别之情仿佛如闻其声,如见其人。

日 中 对 待 西 学 的 不 同 态 度

一

作为著名的西学家（日文称作洋学家）佐久间象山（1811—1864），对于西学有着清醒的认识。他在鸦片战争前一年就在江户神田开设了象山书院，培养出了包括吉田松阴（1830—1859）在内的诸多著名人士。佐久间指出："方今之世，仅以和汉之学识，远为不足，非有总括五大洲之大经纶不可。全世界之形势，自哥伦布以穷理之力发现新大陆、哥白尼提出地动说、牛顿阐明重力引力之实理等三大发明以来，万般学术皆得其根基，毫无虚诞之处，尽皆踏踏实实。欧罗巴、亚美利加诸洲逐渐改变面貌，及至蒸汽船、电磁体、电报机等之创制，实属巧夺造化之工，情况变得惊人。"（致梁川星岩［1789—1858］的信）①从这封信的上面所引的内容我们可以看到佐久间对西学的认识。

1890 年（光绪十六年），十七岁的梁启超（1873—1929）赴京参加会试，可惜不中。在回粤路经上海时，他看到介绍世界地理的《瀛寰志略》（徐继畬［1795—1873］）和江南制造局（上海制造局）所译西书，才第一次接触到西学。后来梁氏

---

① 佐久間象山：《梁川星嚴宛》，《日本思想大係》，東京：岩波書店，1980 年，第 377—378 頁。

在《三十自述》（1902）中回忆道："下第归，道上海，从坊间购得《瀛寰志略》，读之，始知有五大洲各国。且见上海制造局译出西书若干种，心好之，以无力不能购也。"[1]同年结识康有为（1858—1927），钦佩无已，遂投其门下。并于次年就读于万木草堂，接受康有为的思想学说和所谓新学（西学），并由此走上改良维新的道路。

严复（1854—1921）在比较中日两国对西学的不同态度时写道："彼日本非不深恶西洋也，而于西学，则痛心疾首，卧薪尝胆求之，知非此不独无以制人，且将无以存国也。而中国以恶其人，遂以并废其学，都不问利害是非。此何殊见仇人操刀，遂戒家人勿持寸铁，见仇家积粟，遂禁子弟不复力田？"[2]严复认为，中国因人废学的方式是不可取的。

二

福泽谕吉（1835—1901）在 1867 年就提出了"文明开化"的观念。之后他又发表了对欧洲之所以富强的观点："欧罗巴洲"之所以成为"富国强兵天下之首，文明开化之中心"，在于："普及天下之教育，修德谊，开智识，尽文艺技术之美。城

---

[1] 梁启超：《三十自述》，收入《饮冰室合集》文集之十一，北京：中华书局，1989 年，第 16 页。

[2] 严复：《救亡决论》，收入《候官严氏丛刻》卷四。此处引文见《严复集》第 1 册，北京：中华书局，1986 年，第 50 页。

乡无别,诸方建学设校,凡不知几千之数。彼产业廉美,商贸繁盛,则在使其务实固本之学问,之枝开花结果矣!"[1]其后,文明开化的范围,从科学技术、政治经济法律制度到社会各方面、语言教育、生活方式等,几乎涉及了当时国家、社会、个人层面的一切。1872—1876年间福泽谕吉陆续写成了17篇文章,构成了他的《劝学篇》。他在再版序中称,每160人必有一人读过此书。[2] 福泽谕吉认为,西学象征着人类文明的方向,西洋的历史、地理、经济、物理、化学、数学、外语等知识,相比较日本传统不切合实际的学问,才是真正的学问。"天不生人上之人,也不生人下之人"[3],用西方的文明将愚人、穷人、贱人转变为贤人、富人、贵人,使人民和政府处于同等地位,因此学习西学要从精神着手。作为深受儒家熏陶的福泽谕吉,后来写道:"对汉学来说,我确实是一个极恶的邪道,我与汉学为敌到如此地步,乃是我深信陈腐的汉学如果盘踞在晚辈少年的头脑里,那么西洋文明就很难传入我国。"[4]

当日本已经大刀阔斧地引进西学的时候,中国朝野还

① 转引自明治文化研究會編集:《明治文化全集·外國文化篇》(第3版),東京:日本評論社,1967—1974年,第611—612頁。
② 福泽谕吉著,群力译,东尔校:《劝学篇》(修订第2版),北京:商务印书馆,1984年,"合订版《劝学篇》序",第1页。
③ 福泽谕吉著,群力译,东尔校:《劝学篇》,第2页。
④ 福泽谕吉著,马斌译:《福泽谕吉自传》,北京:商务印书馆,1980年,第68页。

在争论"体用"的问题。1898 年后期,洋务派巨擘张之洞(1837—1909)完成了他的《劝学篇》。张之洞依然希望将西学的"用"嫁接到中学的"体"上,对所谓西学的"体"则予以坚决摈弃:"中学为内学,西学为外学,中学治身心,西学应世事。"①学生求学的顺序是:"今日学者,必先通经,以明我中国先圣先师立教之旨;考史,以识我中国历代之治乱,九州之风土;涉猎子、集,以通我中国之学术、文章。然后择西学之可以补吾阙者用之,西政之可以起吾疾者取之,斯有益而无害。"②正因为此,早在 1885 年福泽谕吉在《脱亚论》中就断言,中国和朝鲜"从现在起不出数年必然亡国,其国土将为世界文明诸国所分割,这是毋庸置疑的"③。

---

① 张之洞:《张文襄公全集》(四),北京:中国书店,1990 年,第 589 页。

② 此处引文见沈云龙编:《近代中国史料丛刊》(482),台北:文海出版社,1966 年,第 14429 页。

③ 见《福泽谕吉全集》第 9 卷,东京:岩波书店,1967 年,第 195—196 页。

滚木桶的人

中午要了一桶饮用水,送水的人从电梯出来,将几个桶一起滚了起来,这让我想到了著名存在哲学家克尔凯郭尔(Søren Kierkegaard, 1813—1855)曾讲过的一个有关哲学家第欧根尼斯(Diogenēs,约前412—前324)滚木桶的故事。马其顿国王菲利普要攻打科林斯城,为了捍卫自己的城池,科林斯城的所有居民都忙碌着厉兵秣马,重新修建荒废已久的防御工事……哲学家第欧根尼斯不想让人觉得他是例外,于是沿街滚起了他睡在里面的大木桶,这样别人就不会说他饱食终日、无所事事了。

2004 年春天我回到阔别五年的北京。在这边大学里工作了两年后,我又回到了哥德斯堡的旧居,德国的时光给人的感觉如同静止一般。回想起前几天依然在北京的生活,觉得真的太累、太复杂,两年来无谓的忙碌,感觉就像是在不停地滚木桶。忙碌成为了当代中国人的一种强迫症。

纸 钱 赎 命 与 赎 罪 券

山西霍县观音会有一副对联：

经忏可超生，难道阎王怕和尚；

纸钱能赎命，分明菩萨是赃官。

《景德传灯录》卷三中有一则"达摩廓然无圣"的禅话：

帝问曰："朕即位已来，造寺写经度僧不可胜纪，有何功德？"师曰："并无功德。"帝曰："何以无功德？"师曰："此但人天小果有漏之因，如影随形，虽有非实。"帝曰："如何是真功德？"答曰："净智妙圆，体自空寂。如是功德，不以世求。"帝又问："如何是圣谛第一义？"师曰："廓然无圣。"帝曰："对朕者谁？"师曰："不识。"帝不领悟。

在菩提达摩看来，梁武帝萧衍（464—549）不断地造寺、写经，度新僧入寺院，这些完全不属于佛教的功德。武帝所能理解的仅仅是"人天小果有漏之因"。

天主教神学认为，通过告解圣事，人的罪被宽恕后,教会免除由罪而得的暂时的处罚。教会有权在罪人完成一定条件后,从功库中获得一些功德以抵偿罪罚之债。14 世纪以来,这类宽免暂罚的方式,逐渐演变成了以教会出售赎罪券(Indulgentia)的方式来进行。马丁·路德(Martin Luther, 1483—1546)却在《新约》找到了他信仰的源泉:人的灵魂得救不是靠做善事,而是要靠对上帝仁慈的信仰。("nicht durch gute Werke, sondern durch gläubiges Vertrauen auf die Gnade Gottes."《圣经·罗马书》3. 28)路德一直不遗余力地与教皇和大主教们滥售赦罪券的勾当作斗争。据说,1517 年 10 月 31 日在维滕堡皇宫教堂门上,路德贴出了《九十五条论纲》(95 Thesen),他认为,告解圣事的核心在于忏悔,而不是补赎和包括购买赎罪券之类的积善功。

非 洲 蜂 与 藏 传 佛 教

据科学家的研究,蜜蜂最早起源于亚洲,后来部分蜜蜂迁移到欧洲和非洲。到了欧洲的蜜蜂找到了理想的自然条件,也慢慢开始在欧洲大陆大量繁衍生息;而到达非洲的蜜蜂不仅受到干旱等极端气候影响,而且还时常遭到各种动物的偷袭。为了生存,体形肥胖臃肿的非洲蜂(Africanized bee),尽管翅膀极小,脖子粗短,但学会了长时间飞行,而且能够连续飞行 250 公里。

在平均海拔达到 4000 米以上的西藏高原,人类生存的条件极端恶劣。人们如果没有坚定的藏传佛教信仰的话,很难想象那里的人可以生存下来,并且创造出灿烂的文化。几年前我在布达拉宫广场上见到一位从藏区某地来的老妇人,她从家乡一路"磕长头"(五体投地)来到布达拉宫朝圣,由于长时间的超强紫外线的照射,她深褐色的皮肤充满着皱纹。尽管老妇人藏服长袖、大襟上满是油污,但她内心的喜悦之情还是溢于言表。导游强巴解释说,很多西藏人常常历数月经年,从家乡到拉萨,风餐露宿,朝行夕止,匍匐于冰冷的沙石之上。人与动物的区别之一在于人有信仰。非洲蜂只有学会了长途飞行的本领,才能在干旱的恶劣环境中继续活下去;藏族也只有坚定的宗教信仰,才能在如此极端的条件下生存下来。

三样人生与一生的三种经历

亚里士多德(Aristotélēs,前384—前322)基于生活方式的不同来对知识予以区分,他在《尼各马可伦理学》(*Ethica Nicomachea*,1095b14—22)一书中提到:

> 许多人从生活得出结论,认为善和幸福并不是不可理论的,那最为平庸的人,则把幸福和快乐相等同。因此,他们以生活享受为满足。主要的生活有三种选择,第一种就是我们方才所说的享乐生活,除此而外,另一种是政治生活,第三种则是思辨的、静观的生活。有很多人在过着寄生的,很明显是一种奴性的生活,然而,却显得满有道理,因为在名门贵胄中,很多人是萨尔旦那帕罗式的人物。①

也就是说,亚里士多德认为有三种人生:享乐人生、政治人生以及思辨人生。大多数人的生活是享乐人生、政治人生,与之对应的知识是实践的知识。他认为只有极少数人能享有静观的知识,进而达到思辨人生。黄庭坚(1045—1105)却说:"尺璧之阴,当以三分之一治公家,以其一读书,一为棋酒。公私皆办矣。"(吴应箕辑:《读书止观录》卷五,《贵池先哲遗书》本)在黄山谷看来,亚里士多德的三种人生,实际上可以集于智者一身:他既可以过政治的生活(治公家),也可以过思辨的人生(读书),同时也能享受生活(棋酒)。

---

① 见苗力田编:《亚里士多德全集》卷八,北京:中国人民大学出版社,2012年,第7—8页。

黑 塞 论 中 国 古 代 思 想

近日读到黑塞（Hermann Hesse，1877—1962）论卫礼贤（Richard Wilhelm，1873—1930）中国经典译本对他影响的文字，很有意思：

通过威廉（R. Wilhelm）和其他人士的翻译工作认识了中国道家的智慧和儒家善的理想，现在没有这种理想支持，我真将无从生活了。有着二千五百多年的距离，不认得一个中国字，从未到过中国的我，居然获得了这一份幸福：在中国古代文学中寻觅到我个人意会的证实，寻到一个原来只在出身和本国语言所派给我的那领域里才能具有的精神氛围、精神故乡。庄子、列子和孟轲所叙述给我们的中国的精神导师和智者全都是气质激昂之士的反面，他们都非常单纯平易，接近人民和日常生活，他们毫不矫揉造作而情甘自愿地度隐遁简朴的生活，他们发表意见的方式也令我们惊叹欣喜的。老子最大的对手孔子——中国系统思想家、伦理学者、中国伦理法则创立人与维护者，在中国古代智者中可说是唯一的一位具有凛然不可侵犯的人物，曾被人指为"知其不可而为之者"。这种兼具从容幽默而又单纯平易的品质是我在任何文学中找不出相同的例子的，我经常想及这一句以及其他若干格言，默察世界局势，玩味那些在未来年月里有意治理世界，使世界完美的人的话时，也想及它们。这些人都和伟大的孔子一样行事,但是在他们行动的后面,他们却没有那应该"知其不可"的智慧和精神。①

　　黑塞1945年写下了以上这些文字,中国古典文化对他的影响之深,是不容忽视的。

学 区 房

　　由于教育资源的严重不平衡,很多地方的所谓学区房都炒到十几万元一平方米,依然供不应求。近日读吴应箕《读书止观录》,其中有一段讲宋次道藏书的故事:宋次道家书,皆校雠三五遍。世之藏书,以次道家善本。住在春明坊。昭陵时,士大夫喜读书,多僦居其侧,以便于借置故也。当时,春明宅子就直比他处常高一倍。(《读书止观录》卷一,《贵池先哲遗书》本)昭陵是仁宗皇帝的墓地,所指当为赵祯年间(1023—1063)。由于宋次道的藏书的版本最为学者称道,所以当时的读书人都远在他家附近租房,致使春明坊的地价要高出平常的一倍。

---

① 林衡哲、廖运范译:《读书的情趣与艺术》,北京:中国友谊出版公司,1988年,第20—21页。

东 风 与 西 风

《红楼梦》第八十二回中有黛玉的话："但凡家庭之事，不是东风压了西风，就是西风压了东风。"这里边东风和西风指贾府中对立的双方而已，好像并没有好坏之分，自然也没有价值判断。小时候学"毛选"（《毛泽东选集》），知道毛主席对当时国际形势的评判是"不是东风压倒西风，就是西风压倒东风"。东风当然是革命之风，而西风自然代表反动势力了。

后来在家中翻父母的书，翻出《雪莱诗选》，读到《西风颂》(Ode to the West Wind, 1819)，认为这位长相像女人的外国诗人真是反动透顶，竟然敢歌颂西风。什么"如果冬天来了，春天还会远吗"，整个一派胡言。

到了 1990 年代我开始在波恩留学，只要有大西洋来的西风，莱茵地区就会降雨。后来到了英伦才体验到那里的西风，跟我们的东风一样，能扫去暮气，唤醒沉睡的大地。

近日读到《西厢记·长亭送别》中的那首著名的曲子："碧云天，黄花地，西风紧。北雁南飞。晓来谁染霜林醉？总是离人泪。"这里的西风是让人心碎的离愁别绪。而革命春天的即将来临一定是伴随着东风而来的！据说当时也有译者希望将雪莱(Percy Bysshe Shelley, 1792—1822)的这首诗翻译成"东风颂"的。

知 识 分 子

以 学 术 为 志 业

韦伯(Max Weber, 1864—1920)认为,在不断官僚化、专业化的当时,在学术上不可能避免"职业人"、"专业人"的趋势,他提倡学者要为学术事业献身,做好"职业人"生存的准备。大学的学术生涯对每一个人来讲都是发狂的、毫无把握的冒险,韦伯要求所有想从事大学教师职业的人都应当有良好的心理准备,将学术作为自己精神上的志业(Wissenschaft als Beruf):"你真的相信,你能年复一年看着平庸之辈一个接一个爬到比你高的位置,而既不愤恨又无挫折感吗? 自然我们得到的回答总是:'当然,我活着只是为了我的志业。'然而,我发现只有少数人能忍受这种创伤,而不觉得这对他们的内在生命是一种伤害。"[①]左思在《咏史诗》其二中说:"世胄蹑高位,英俊沉下僚。"贵族子弟登上了高位,而有才能的士子却只能沉沦于下层的属僚之中。这可能在古今中外都是一样。学术工作跟其他工作的不同之处在于,"只有那发自内心对学问的献身,他才会因为献身于志业,给人以高贵与尊严的印象"。[②] 作为一个真正的学者应当具有怎样的胸襟? 学者们所取得的成就与发现注定要被后人超过的,这些业绩在 10 年、20 年、50 年必然要过时的。而学术工作的不断被超越,正展示了学术工作的真正意义!

---

① 马克斯·韦伯:《以学术为志业》(1919),收入韦伯著,孙传钊译:《韦伯论大学》,南京:江苏人民出版社,2006 年,第 96 页。
② 韦伯著,孙传钊译:《韦伯论大学》,第 100 页。

游 于 圣 人 者 难 为 言

雅斯贝尔斯在 1928 年 12 月 1 日写给海德格尔的信中曾说过如下精彩的话:"只有当其他人也高贵时,你才能表现得高贵。"[①]德文中有一句话说:"Höflichkeit erzeugt Höflichkeit."(礼仪创造礼仪。)海德格尔在马堡的时候,也有类似的想法,他更是无法容忍周围人的平庸。

不过杰出是相对而言的,如果是在圣人圈中,当然很难表现出自己的才智了:"观于海者难为水,游于圣人者难为言。"(《孟子·尽心上》)

知 识 分 子 与 平 常 心

我一直认为在社会中要尽量成为一个衣食无忧的中产者,这样才会有一个正常的心态做事。读《古诗十九首》,其中有:"人生寄一世,奄忽若飚尘(狂风卷起的一阵尘土)。何不策高足(快马),先据要路津?无为守穷贱,轗轲(车行不利,人不得志)长苦辛。"

当然,一旦成为了社会的既得利益者,就不可能会有以上的悲叹了。但平常心对于每一个学者来讲至关重要。

[①] 比默尔、萨纳尔编,李雪涛译:《海德格尔与雅斯贝尔斯往复书简(1920—1963 年)》,上海:上海人民出版社,2012 年,第 197 页。

酒 与 文 学

杜甫《曲江》其二曰："酒债寻常行处有,人生七十古来稀。"人生短促,不如在醉乡中去充分领略人生之乐。酒债非债,因为买的是人生的洒脱。

欧阳修送友人刘原父(刘敞,1019—1068)出任扬州太守时,对这位朋友大加赞赏:"文章太守,挥毫文字,一饮千钟。"(《朝中措》)一个活脱脱的才思敏捷、气宇轩昂的刘原父的形象出现在读者面前。特别值得一提的是他一饮千钟的豪气,这是很多寒酸文人所不具备的。

张潮在《幽梦影》中说:"有青山方有绿水,水惟借色于山;有美酒便有佳诗,诗亦乞灵于酒。"因此有所谓"李白斗酒诗千篇"的说法,因为诗会向酒乞求灵感。

独 酌 与 热 闹

酱香型抑或浓香型的白酒,需要七碗八盘的烘云托月,以及揎拳捋袖的热闹场面,如果没有中餐的相配,很难一人安静地独酌。难怪古人即便一人独酌,也会想象成与人对饮或会饮:"花间一壶酒,独酌无相亲。举杯邀明月,对影成三人。"(李白《月下独酌》)腊碧士教授来到中国后不久,就学会了中文单词"热闹",毋宁说他到了中国之后才真正了解什么叫做永不冷场的人生。其实思想、阅读、写作、工作……都是需要与寂静和孤独为伴的,文人和学者的使命是孤独,这是他们进行创作的前提。说实在的,我也是到了德国之后,才学会如何面对岑寂的。而白酒好像始终伴随着热闹的人生,很多人真的很难与彻骨入髓的孤独对峙,这简直让人烦躁难耐,感到即将崩溃。

顾 彬 的 中 文 散 文

近两三年来,顾彬也用中文写散文,很有意思。诗人王家新(1957—)对此评价道:"他是一个幽默可爱、富有智慧和性情的作家。他写日常生活和思考,写他的朋友,也写动物。他在语言上有一种特殊的创造性。绝不满足于仅用中文'正确地'或流畅地表达他的'意思',在我看来尤为难得是,他用汉语创造了富有个性的和特殊味道的文体:'顾彬体'。"①文章最重要的是要有趣,也就是说有看头。仅靠通顺的句子,规范的文法,是写不出好文章来的。张潮说:"貌有丑而有可观者,有虽不丑而不足观者;文有不通而可爱者,有虽通而极可厌者。此未易与浅人道也。"(《幽梦影》)哲学的深度,中西生活的磨练,异域的视角等等,都构成了顾彬文章的可看性和可爱性。

---

① 王家新:《鸟儿飞来并把我们当鸟儿问候——顾彬的散文和诗》,收入李雪涛等编:《合璧西中——庆祝顾彬教授寿辰文集》,北京:外语教学与研究出版社/Düsseldorf University Press,2016 年,第 70 页。

"泰然自若"还是"放下"

Gelassenheit 这个德语词以前我在翻译雅斯贝尔斯(Karl Jaspers, 1883—1969)的《大哲学家》的时候,译作"泰然自若"。去年托关西大学的沈国威教授帮我买了一套海德格尔(Martin Heidegger, 1889—1976)日译本的选集。其中第十五卷是他于 1955 年 10 月 31 日在梅斯基希(Meßkirch)的演讲集,辻村公一(1922—2010)的日译本译作《放下》①,我觉得译得实在太妙了。(国内将这个演讲译作《泰然任之》,也有将 Gelassenheit 译作"顺随"的。)Gelassenheit 是德国中世纪神秘主义大师埃克哈特(Meister Eckhart, 1260? —1328)所使用的词汇。"对物的放下心态"(die Gelassenheit zu den Dingen)这是海德格尔对技术世界意义遮蔽自身的态度。Gelassen 在中古高地德语中作 gelāȝən,意思是:虔信的,虔诚的,笃信上帝的。正是在信仰中获得了一种放得下的态度,这是 gelassen 的引申含义。近日读到苏轼的词,其中《定风波》中的一句"一蓑烟雨任平生",正是这种泰然处之的旷达生活态度的写照。经过乌台诗案后,谪居在黄州的苏轼,也真正做到了拿得起放得下。日译本更妙之处在于,通过"放下"的翻译,一下将德国中世纪神秘主义、海德格尔的哲学与东亚的禅宗思想勾连到了

---

① 辻村公一訳:「放下」,收入『ハイデッガー選集』(15),東京:理想社,1963 年。

一起。

《五灯会元》"世尊章"曰："黑氏梵志，擎合欢梧桐华供养世尊。佛召梵志，志应诺，佛言放下着。""严阳尊者章"曰："初参赵州。问：一物不将来时如何？州曰：放下着。师曰：既是一物不将来，放下个甚么？州曰：放不下担取去。师于言下大悟。"

"放下"本来是抛下手中之物的意思，后来禅宗将这层意思引申为：去除一切邪念、妄执，达到解脱自在，了无牵挂的境界。无门慧开（1183—1260）的偈子曰："春有百花秋有月，夏有凉风冬有雪，若无闲事挂心头，便是人间好时节。"（《无门关》）问题是，世间有什么放不下呢？我想，用"放下"来翻译 Gelassenheit 对于熟知东亚文化传统的读者来讲，同时也激活了他们固有的传统文化资源。

放下本原

2016年5月我与顾彬、腊碧士教授一同去了终南山下一处佛寺——始建于贞观年间的古观音禅寺，背靠终南凤凰山悠然的环境，让人流连忘返。寺内大雄宝殿的一副对联为：放下时何物是我，提起去那个为谁。这是通过参话头去除我执的方法，当然这个"放下"让我马上想到了海德格尔的"Gelassenheit"。寺后有一棵银杏树，据说也是贞观年间种植的，至今依然枝繁叶茂。殿前有一个铜缸，里面飘满了绿油油的浮萍。于是我写下了一副对联：

欲知戒定慧根，寺后唐朝银杏在；

若识放下原本，堂前今日浮萍多。

无非斯人之徒与而谁与

上世纪 90 年代末，我在波恩大学留学，家住在哥德斯堡的一座 1907 年建的老房子里。房子的建筑是青年艺术风格(Jugendstil)，屋后是一个小花园，小花园后是哥德斯堡河(Godesberger Bach)。我有的时候，几天也不真正地出门，大部分时间在家中写论文、读书。房间的窗子可以看到小河后面的一条马路，但常常是一两个小时也没有人经过。有时感到自己需要看到其他的人，就会坐车到科隆火车站，在大教堂附近的 Breite Straße(宽街)游荡一番，为的是看各色人等。雅斯贝尔斯强调，个人的自由只有在与他人的交往中才能得以实现，最终走向自由之境。只有通过"交往"(Kommunikation)才能将个人与他人联系起来。也就是说，只有在他人自由时，个人才真正能够实现自由。孔子说："鸟兽不可同群，无非斯人之徒与而谁与?"(《论语·微子》)因此，在雅斯贝尔斯看来，"仁"的概念的本质，实际上就是交往。

士 人 的 抱 负

在古代中国，一个读书人如果能为他的上司或君主拔擢录用，从平民走上了仕宦的道路，常常用"知遇之恩"来表达这一终身难忘之情。士人想为"明君"所用以及对功名的岌岌以求，被看作是他们的政治抱负和人生价值！张衡（78—139）在《四愁诗》中说："美人赠我金错刀，何以报之英琼瑶。"他那精忠报国，一心愿为君王所用的志向简直呼之欲出。"何以"却又说明了报国无门、政治抱负无法实现的抑郁之情。而"致君尧舜上，再使风俗淳"（杜甫《奉赠韦丞丈二十二韵》），是杜甫一生执着追求的理想，也是中国文人的抱负。文人们一再立志辅佐君王实现这一目标，也是很多悲剧的源头。豪迈奔放的李白依然有"东山高卧时起来，欲济苍生未应晚"（《梁园吟》）的想法，欲拯救人民于痛苦之中，为国家建立功勋！他认为"长风破浪会有时，直挂云帆济沧海"（《行路难》其一），只是施展抱负的那一天还没有到来而已。辛弃疾在《摸鱼儿·更能消几番风雨》中说，"更能消几番风雨，匆匆春又归去"，借美人暮春愁思及遭妒被弃的不幸遭遇，表明了自己在政治上的不得志，但却依然忧心于国事。如果一个文人不为"明主"所器重，当然是由于世态的炎凉，才使报国无门："不才明主弃，多病故人疏。"（孟浩然《岁暮归南山》）1933年1月希特勒上台后，海德格尔认为，这样的一天终于到来了。面对瞬息万变的纳粹的现实，海德格尔认为"人们必须投入到其中"，同年5月份他成为了弗莱堡大学的校长。最终他也是被碰得头破血流。

思 想 意 识 与 现 实 行 动

思想意识与现实行动之间存在着巨大的张力，一般来讲知识分子是能够理性看待这一切的，但有时他们却不满足思想着的哈姆雷特角色，会不遗余力地希望成为行动着的堂·吉诃德。法兰克福学派（Frankfurter Schule）的几位哲学家尽管引发了1968年欧美多国的学生运动，但不论是霍克海姆（Max Horkheimer，1895—1973）还是阿多诺（Theodor W. Adorno, 1903—1969），都没有赞赏学生激进活动的意味，更遑论亲自参加学生运动了。鲁迅也说过："我并不希望做文章的人去直接行动，我知道做文章的人是大概只能做文章的。"[1]这实际上是对自己角色的清醒认识和洞察，而不应当解释为一种逃避。

---

[1] 鲁迅：《"醉眼"中的朦胧》(1928)，收入王世家、止庵编：《鲁迅著译编年全集》(玖·一九二八)，北京：人民出版社，2009年，第103—104页。

百 无 一 用 是 书 生

上个世纪 80 年代末在《读书》上读到金克木先生的文章《百无一用是书生——〈洗澡〉书后》[1]，对他调侃的语气，至今记忆犹新。这句话出自清代黄景仁(1749—1783)的一首诗："十人九人堪白眼，百无一用是书生。"(《两当轩集·杂感》)中国人对知识的追求好像一直与名利结合在一起的，于是有了宋真宗赵恒的所谓"书中自有黄金屋……书中自有颜如玉"的说法。历朝历代大部分的书生都是无钱无势而又清高："自古圣贤尽贫贱，何况我辈孤且直"(鲍照《拟行路难》其六)，自然不可能适应当时的社会。说实在的，大部分的学问是不可能"学以致用"的。文人不光是遭到他人的冷遇，有时自己也看不起作为文人、诗人的身份。陆游（1125—1210）就写道："此身合是诗人未，细雨骑驴入剑门。"(《剑门道中遇微雨》)南渡后的陆游所发出的，难道我只是一个骑驴吟诗的一介书生的感慨，说明他更看重上战场杀敌的战士的身份！

---

[1] 金克木：《百无一用是书生——〈洗澡〉书后》，《读书》，1989 年第 5 期，第 5—10 页。

著 书 都 为 稻 粱 谋

经常有人提到知识分子的待遇问题。如果我们考察一下古今中外的文学家、艺术家的待遇的话，就会发现没有几个人曾经获得过"优待"。作为孟尝君田文（？—前279）三千食客中一员的冯谖，曾经发出过"长铗归来乎，食无鱼；长铗归来乎，出无车；长铗归来乎，无以为家"（《弹铗歌》）的叹息！李白说："珠玉买歌笑，糟糠养贤才。"（《古风》其十五）官府情愿用珍珠玛瑙来换取一时的声色之娱，对贤才却十分吝啬，只给他们提供糟糠而已。除了被"御用"才能从根本上得以改变之外，否则知识分子只能去吃糠窝窝了。贺铸（1052—1125）更是感慨那些勇猛善战、精于谋略者如今却位沉下僚，备受轻视："缚虎手，悬河口，车如鸡栖马如狗。"（《行路难·缚虎手》）这也是为什么，包括玄奘在内的知识分子都在乞求《圣教序》的缘故了。一旦有了这样的护身符，自己的事情也就成为了国家的行为。糟糠实际上并不可怕，真正让知识分子担惊受怕的是"避席畏闻文字狱，著书都为稻粱谋"（龚自珍［1792—1841］《咏史》）的心理！

娱 乐 文 化 与 以 学 术 为 志 业

上学期我给本科生开了有关佛教的通识课。第一次讲授比较宗教学的方法论，我以为这样讲最起码可以让学生对宗教学有一个基本的概念。课间的时候，有个男生来找我，勇敢地说出了他的看法："老师你讲得太抽象了，也太枯燥，我一句都没有听懂。希望您下一次讲得好玩儿点，也更浅显点儿。"

当今世界充斥着各种快餐式的娱乐文化（德文称作 Spaßkultur，意思是"好玩儿文化"）。学生们衡量一个老师的好坏标准是他/她讲得是否好玩儿！问题是，任何高尚的兴趣、爱好都是需要培养的，只有动物性的感官享受是与生俱来的。而培养的过程常常是机械的、平淡的、乏味的。去年参加一个两岸三地的外语教学研讨会，一位台湾辅仁大学的意大利语教师抱怨说，上课的时候，他会给学生们做意大利面，请他们喝意大利红酒，煮 Espresso 咖啡……使尽浑身解数，可学生们并不领情，还不断捉弄他。"真是没有办法！"这是他发出的感慨。

我在德国马堡大学（Universität Marburg）、波恩大学（Universität Bonn）求学的时候，一开始教授的讲座课（Vorlesung）很少能够听懂，因为他们基本上是照本宣科式地读讲稿。其实这并非只是语言的问题，更主要的是我没有接受过专业的训练。课下我只能拼命地去读相关的各种专业书籍，努力赶上其他的同学。要告诉教授，让他们讲得浅显些、好玩点儿，我从来就没有闪过这样的念头，说实在的也不敢。对于儿童和最初学者，也许需要迁就他们一下，首先让他们对这个专业感兴趣,之后再培养他们的相关能力。而大学生们当然应该明白,学问要经过枯燥的知识论和方法论的训练,之后才能具有天马行空的自由思想。在书法中,如果没有多年的笔画和单字的练习,是不可能进入自由发挥阶段的。欧阳修(1007—1072)在论述圣俞(梅尧臣[1002—1060])的诗歌风格时写道:"初如食橄榄,真味久愈在。"(《水谷夜行寄子美圣俞》)如果初尝觉得淡而无味就吐出来的话,永远不会体会到橄榄的醇厚本味。如果要立志于学问的话,要有不计得失的坐多年冷板凳的决心,和长期能做寂寞清苦工作的耐心。更要有王国维(1877—1927)所谓"古今之成事业、成大学问者必须经过三种之境界"的第二种"衣带渐宽终不悔,为伊消得人憔悴"(柳永《蝶恋花·伫倚危楼风细细》)的执着和痴情。我想这也是韦伯(Max Weber, 1864—1920)所强调的学者们要有"以学术为志业"——将学术作为自己精神上的志业的原因。

行 乐

2015年春天我去日本箱根开会,其间在附近的山上散步,风光极好! 在山坡上看到一家小酒店外的广告,其中有"行乐"两个汉字。这让我想起了袁枚(1716—1797)的两句诗:"风光如此须行乐,莫管头颅白几茎。"(《春情》)人老是自然的规律,重要的是要有对生活的追求,自寻欢乐。

1960年汉娜·阿伦特(Hannah Arendt, 1906—1975)将她在美国两年前的一本书《人类生存条件》(*The Human Condition*, 1958)修改、补充成德文版,她为德文版取了一个拉丁文的书名 *Vita ativa oder Vom tätigen Leben*(《积极生活》)。阿伦特所谓的积极生活是她运用了从海德格尔(Martin Heidegger, 1889—1976)那里学到的解构方法,激活政治概念最初赖以形成的经验的源头。原始的政治经验,如何被遗忘,以及怎样发展导致政治概念的盲目乱用,在这本书中得到了揭示。这是另外一种积极生活。

顾彬(Wolfgang Kubin, 1945—　)在解释李白的《月下独酌》的背景时写道:"游戏般认识、尘世的现实以及人之生存这三大因素,决定了李太白在酩酊状态和无意识中写作的特征,这不能简单地被误解为一般的酒瘾,而是在面对无情的终有一死(memento mori)时绝望的及时行乐(carpe diem)。"[1]

回到酒店后,关西大学的沈国威教授告诉我,日文汉字"行乐"其实是"郊游"的意思。

---

[1] Wolfgang Kubin, *Die chinesische Dichtkunst. Von den Anfängen bis zum Ende der Kaiserzeit*. München 2002. S. 133—134.

述 而 不 作 与 重 构

孔子说:"述而不作,信而好古。"(《论语·述而》)一般认为东亚哲学乏新可陈的原因在于抱残守缺,实际上西方哲学未尝不是站在古希腊哲学家的肩上? 怀特海(Alfred North Whitehead, 1861—1947)说: 所有的西方哲学只是柏拉图的注脚而已(All Western philosophy is but footnotes to Plato.)。我们当然回不到孔子的时代,回不到柏拉图的时代。只能用"重构"(Rekonstruktion)的方法论予以阐述:"'重构'意味着以一种与古人之真实意图相应的方式——如果我们对于这些意图的理解是正确的话——对其思想加以重新整合,而取代复述他们那些相当庞杂不清的立论;并且要根据我们今日所面临的伦理学问题而加以充分利用。"[1]

庄 子 注 郭 象

南宋大慧宗杲普觉禅师(1089—1163)说:"无著云: 曾见郭象注庄子,识者云: 却是庄子注郭象。"(雪峰蕴文编:《大慧普觉禅师语录》卷二十二)今天我们对古人的"重构",基本上都是在"借题发挥",作

---

[1] 罗哲海(Heiner Roetz, 1950—　)著,陈咏明、瞿德瑜译:《轴心时期的儒家伦理》,郑州: 大象出版社,2009 年,第 7 页。

过度解释。近来翻旧杂志,读到 1986 年 3 月份的《读书》上有金克木(1912—2000)的一篇补白的小文,其中说道:"宋代朱陆都是对汉唐注疏教条主义'闹革命'。朱以《四书》暗地偷梁换柱。陆便公然说'六经皆我注脚'。在思想史上几乎是哥白尼式的转换。经过元代大变化到明代,王守仁又提出知和行的理论。这个知行问题一直传到孙中山的'知难行易',到《实践论》才算结束辩论。"[1]我想,在中国思想史中的"述而不作"在很大程度上是"庄子注郭象"或"六经注我"。

M a n i s t , w a s m a n i s s t

光绪七年(1881)寄禅(八指头陀)的《嚼梅吟》在宁波刊刻,著名诗人杨恩寿(1835—1891)在《跋》中就寄禅的诗写道:"饥渴时,但饮寒泉啖古柏而已。若隆冬,即于涧底敲冰和梅花嚼之,故其诗带云霞色,无烟火气,盖有得乎山川之助云。"这让我想起了德语里的一句谚语:"Man ist, was man isst."这一句唯物主义的谚语是说,人是由他所吃的东西来决定他是什么的。如此看来,杨恩寿认为,寄禅的诗中之所以"云霞色,无烟火气",完全是因为他"寒泉啖古柏……于涧底敲冰和梅花嚼之"的结果!

---

[1] 辛竹(金克木):《六经我注》,载《读书》,1983 年第 3 期,第 9 页。

认 真 对 待

多年前,顾彬教授给我主持翻译的德国哲学家雅斯贝尔斯的《大哲学家》译本的前言中写道:

我是在这样的一个时代中长大的,那时孔子不论是在中国的理论家还是在德国的汉学家那里都遭到唾弃。人们不一定要喜爱孔子,但是应当严肃地对待他。卡尔·雅斯贝尔斯这样做了,并且这还不仅限于孔子,尚包括老子。……中国在其革命的进程中常常淡忘了对自己固有传统的重视,取而代之的却是对所有所谓新生事物的偏爱。在这里我们可以顺着雅斯贝尔斯"交流作为人类存在的普遍前提"的理论继续思考下去:交流同样也是与古代事物的沟通,是传统的事情。①

这篇前言是顾彬教授用德文写的,在这里,"严肃地对待"他用的是 ernst nehmen。

儿子在杜塞尔多夫大学国民经济系交换了一个学期。他回来后,我问他杜塞尔多夫大学的老师跟我们的老师的差别在什么地方? 他想了想说,同样拿"宏观经济学"这门课来讲,他们的老师特别认真,而我们的讲课老师从来没有像他

---

① 雅斯贝尔斯著,李雪涛主译:《大哲学家》,北京:社会科学文献出版社,2004 年,第 1 页。

们那样认真对待过。

顾彬在谈到中国当代作家的时候,最不能容忍的是他们所谓的"玩儿文学"。很多很有才华的作家,非常投机地从事一些文学创作,一旦发现更好的赚钱手段,便放弃了文学。编辑《先正读书诀》的周永年(1730—1791)引用《榕村集》中的话说:"国手于棋,亦终身之事,他刻刻不能离棋。可见一艺成名,也要至诚无息,若有一日放得下,便非第一流的本事。"李光地(1642—1718)所谓的"至诚无息",正是顾彬所说的 ernst nehmen。

据说陈寅恪(1890—1969)一辈子所恪守的是他在游学年代所接受的追求精确性与彻底性的德国学术传统。在德国的时候没有觉得什么,回到中国之后,还是感觉到德国学术的"精确性"(Genauigkeit)、"彻底性"(Gründlichkeit)的重要性。前些日子读到论韩愈(768—824)的一段话,知道清代的学者已经开始意识到学问的"彻底性"问题了:"昌黎论一事,便一事透彻,此人煞有用。明朝人学问事功都不透,想是读书不专之过。"(周永年:《先正读书诀》,清光绪四年刻本)我想,这两个德语词所体现的正是"认真对待"、"严肃对待"的态度。

教 养

德文中的 Bildung 我常常翻译成"教养",这一词很像是《周易·大畜卦》象辞中所言:"天在山中,大畜;君子以多识前言往行以畜其德。""畜德"实际上就是有教养。德文中有一句常说的话:"Tiefe Bildung glänzt nicht."意思是说,有好的教养的人从不张扬。这与贫人乍富、小人得志的炫富心理形成了鲜明的对比。

酒 与 生 命 的 意 义

2016 年 9 月德国国家科学院的年会期间,我带了一瓶茅台。第一天的晚宴上,大家喝完了葡萄酒后,我迫不及待地拿出了这瓶"国酒"。波恩大学的医学史教授硕特(Heinz Schott, 1946—)说这种烈酒有损健康。腊碧士(Alfons Labisch, 1946—)教授却说,活着是对健康的最大损害。之后我说:"Ergo bibamus!"(因此,让我们来干杯吧!)《圣经·德训篇》中有"Bonum vinum laetificat cor hominum"的说法,意思是"美酒悦人心"。生命的意义究竟在哪里?时刻注重所谓的养生,不吸烟、不喝酒,而做到"善终",难道就是完美的人生?

"谢 绝 来 访"

1919 年以后黑塞（Hermann Hesse, 1877—1962）一直住在瑞士德欣州的拉蒙塔尼奥拉山（Montagnola, Tessin）中过着隐居的生活，直到 1962 年去世，他在这里住了近半个世纪之久。晚年的时候，他在自家门口挂着"谢绝来访"（"Bitte keine Besuche!"）的牌子。以前读他的传记的时候，还看到过这个牌子的照片，我想这也是他之所以能如此高产的原因。

放了假之后，终于有了属于自己的一段时间了，尽管不是很长。"杜门却扫，绝迹下帷"实际上是正常的学者生活。据说法国汉学家于连（François Jullien, 1951—　）每年也是有半年的时间读书、写作。这也是为什么他的每部著作都有读头的原因吧。

消 遣 文 化 的 参 与 者

随着语言的商业化,传统知识分子的角色逐渐消失于公共空间的舞台。格罗尼迈尔(Reimer Gronemeyer, 1939—)认为:知识分子也变成了消遣文化的参与者,在神祇前献媚屈膝,将自己那灰暗的躯体作为献祭的牺牲品。由于过度商业化的作祟,批判的精神渐渐遭抛弃。而特别令我们担心的"在无需思想的空间中的乐观主义和生活方式"[①]已经出现了。如果一个社会中的知识分子没有了批判精神,转而与商业社会同流合污的话,那么这个社会又怎能健康地发展呢?

---

① 格罗尼迈尔著,梁晶晶、陈群译,李雪涛校:《21 世纪的十诫——新时代的道德与伦理》,北京:社会科学文献出版社,2007 年,第99 页。

一 个 人 的 著 作

2009 年康茨坦茨大学(Universität Konstanz)的近现代史教授于尔根·奥斯特哈默（Jürgen Osterhammel，1952— ）出版了《世界的演变：19世纪史》①，这部德文原文有 1500 页的巨著是他六年的研究和写作成果。这部书尽管参考了无数前人的成就，但却成于一人之手。奥斯特哈默这部大部头著作，既没有第三方的基金，也不是什么项目成果，按照他的说法纯属"个人行为"，"因此无需被鉴定，无写总结报告之累"。迄今他一直在德国南部博登湖(Bodensee)畔湖光山色的小城过着悠闲自在的学者生涯：教书、著述是他的"志业"(Beruf)，而不是像其他"大学者"一样扮演着"经理人"的角色：申请项目，管理项目，挂名做主编，穿梭于世界各地的政府部门和大学之间。

――――――――

① Jürgen Osterhammel, *Die Verwandlung der Welt. Eine Geschichte des 19. Jahrhunderts*. C. H. Beck, München 2009. 中文版：奥斯特哈默著，强朝晖、刘风译：《世界的演变：19 世纪史》，北京：社会科学文献出版社，2016 年。

过 眼 云 烟

钻他故纸驴年去

晨起，读《五灯会元》"古灵神赞禅师"，其中一处很有意思：

福州古灵神赞禅师，本州大中寺受业，后行脚遇百丈开悟，却回受业。……本师又一日在窗下看经，蜂子投窗纸求出。师睹之曰："世界如许广阔不肯出，钻他故纸驴年去！"遂有偈曰："空门不肯出，投窗也大痴。百年钻故纸，何日出头时？"本师置经，问曰："汝行脚遇何人？吾前后见汝发言异常。"师曰："某甲蒙百丈和尚指个歇处，今欲报慈德耳。"本师于是告众致斋，请师说法。师乃登座，举唱百丈门风曰："灵光独耀，迥脱根尘。体露真常，不拘文字。心性无染，本自圆成。但离妄缘，即如如佛。"①

我不知怎地，总感觉自己就是那只"钻他故纸驴年去"的蜂子。陈年纸窗显然并非光明洞天，蜂子的碰壁在作为人的我们看来显得万分愚蠢，每天在书中钻故纸堆的我们又何尝不是一只在智者看来的蜂子。禅宗之"指月"，以指譬教，以月譬法。《楞严经》说："如人以手指月示人，彼人因指，当应看月。若复观指，以为月体，此人岂唯亡失月轮，亦亡其指。"（《大正藏》19—111a）但又有多少人误以为手指头是旨归，而非月亮。文字般若只是体现真如实相的方式，而非实相自身。看样子我们真的迷失了自性，又如何能有从故纸堆钻出去的一天呢？

---

① 普济著，苏渊雷注释：《五灯会元》，北京：中华书局，1984年，第195页。

一 切 现 成

据说法眼文益（885—958）与南唐中主李璟（916—961）交往甚密，他们曾一起观赏牡丹，文益当下诵偈云：

拥毳对芳丛，由来趣不同。发从今日白，花是去年红。艳冶随朝露，馨香逐晚风。何须待零落，然后始知空？

据说中主听后，顿悟禅旨。

文益感慨道：何必要等到花儿凋零后才明白一切本空的道理呢？实际上所谓从历史中汲取经验教训，让历史不再重复，仅仅是空话而已。文益最著名的公案是"一切现成"，唯有此时所体验到的空，才是真实不虚的。这也是为什么黑塞（Hermann Hesse, 1877—1962）小说《悉达多》（*Siddhartha*, 1922）中主人公悉达多的儿子最终依然要出走，重温父亲走过的路，因为智慧是无法传递的，哪怕是父子之间。

急 流 勇 退

袁枚是很有智慧的人，他曾经说过："急流勇退，后起有人，士大夫之乐也。"用"急流"来比喻官场中复杂的斗争，我觉得必定是对两者都非常了解的人。

据说在宋朝的时候，一老僧见到钱若水（960—1003），以火箸画灰作"做不得"三个字，之后说："是急流中勇退人也。"洧成官至枢密副使，年四十即退居家中。（邵伯温［1055—1134］《邵氏闻见前录》卷七）。苏轼《赠善相程杰》诗："火色上腾虽有数，急流勇退岂无人"之句，可知在官场得意时及时引退，以明哲保身的人才是聪明者！袁枚还举了扬州秦西岩的两句诗作例子："往来多少风帆急，孤棹何如斗室安？"（《随园诗话》卷十三）用来说明，秦西岩的诗之所以"自然跌宕"，是因其对生活之豁达，同时也深知官场之险恶的缘故。

功成身退与求阙

《老子》曰："功遂身退，天之道也。"（九章）功业完成了之后，该到了敛藏锋芒的时候了，这当然是合乎自然规律的。范蠡（前536—前448）在帮助越王勾践(约前520—约前465)灭了吴国之后，就乘了一叶扁舟，隐居到江湖之上去了。李商隐（约813—约858)对此羡慕不已："永忆江湖归白发，欲回天地入扁舟。"（《安定城楼》）而这对于事业正如日中天的很多人来讲是匪夷所思的事情。清人查慎行（1650—1727)说，王安石（1021—1086）"最赏此联，细味之，大有杜意"（《查初白十二种诗评》）。我想，王安石所欣赏的是范蠡不以名利是求的冲淡胸怀。

宋人王迈（1184—1248）在读了章颖（1141—1218）的《南渡十将传》后写道："功高成怨府，权盛是危机"（《读渡江诸将传》），这是需要功成身退的最根本的原因。功高过人，会遭致他人的妒忌和怨恨，权力太盛，则潜伏着可怕的危机。这既是诗人的读后感想，也是对历史经验的深刻总结。

据说曾国藩（1811—1872）最喜欢的一句话是"花未全开月未圆"，因此他将自己的书舍命名为"求阙斋"，意思是"求阙于他事，而求全于堂上也"。花未全开，月未圆的时候，说明还有发展的空间。一旦没有了空间，事物盛极必衰，人生也会随之有所转变。实际上，"求阙"是从"求阙守拙"而来的，要以自己外在的缺陷和笨拙来掩盖自己的能力，从而避免引祸上身。

一般来讲，人贪婪的本性不会"见好就收"的。孟德斯鸠（Baron de Montesquieu, 1689—1755）有关权力的论述，可以看出人一直希望处于权力的巅峰阶段："一切有权力的人都容易滥用权力，这是万古不易的一条经验。有权力的人们使用权力一直到遇到界限的地方才休止。"[①]

---

① 孟德斯鸠著，张雁深译：《论法的精神》（上），北京：商务印书馆，1982年，第154页。

思 发 在 花 前

薛道衡（540—609）的诗句"人归落雁后，思发在花前"的说法很奇妙：尽管归家的日期落在了雁归之后，但我的乡思之情却发生在花开之前。这首诗的名字为《人日思归》，正月初七为人日。诗人在他乡辞旧迎新，但早在去年春天花开前就已经有了回归故里的想法，但他正式的成行却在南雁北飞的日子之后了。类似的思乡之情，在波恩留学的日子中，我也是偶尔会有的。

羁 旅 穷 愁

秋天某日的傍晚，漫步在莱茵河哥德斯堡一段的岸边，看着对面 Königswinter 的龙岩（Drachenfels），常常让我想到"山映斜阳天接水，芳草无情，更在斜阳外"（范仲淹《苏幕遮》）的词句。斜阳、龙岩、莱茵河、芳草，没有一座高层的建筑，这些愁煞人的景色给人以无限的遐想，有时竟然会感受到唐宋羁旅穷愁之情。

哥 德 斯 堡 两 处 散 步 的 地 方

一、哥德斯堡

很喜欢哥德斯堡山上始建于南宋嘉定三年(1210)的城堡(Godesburg),据说是法兰克人建造的。从我留学时的住处,可以清楚地看到凌空耸立在山上的城堡。我散步的两个去处,或者是哥德斯山(Godesberg)上的这个城堡,或者是另一个方向的莱茵河。去城堡要经过我特别爱去的老墓地,它坐落在半山腰。山顶的城堡,现在已经成为了遗迹,它阅尽人间沧桑,俯瞰莱茵河,送尽过往的行人。住在那里的时候,我常常会想起苏轼的两句词:"谁似临平山上塔,亭亭,迎客西来送客行。"(《南乡子》)

中国人对月亮有一种特别的感情,这是很多欧洲人所没有的。记得当时在跟德国学生一起欣赏苏轼《水调歌头》的"明月几时有,把酒问青天"时,他们的第一个反应是,中国人早在 11 世纪的时候,就已经开始探讨月球的起源问题了?住在哥德斯堡的时候,每到农历十五或十六的日子,如果赶上周末,我会跟房东兄弟一起到哥德斯堡上欣赏莱茵河畔的明月的。也会想起黄庭坚的诗,将之改为:"心随莱茵春波动,兴与古堡夜月高。"(《过平舆怀李子先时在并州》,原诗作:"心随汝水春波动,兴与并门夜月高。")一直到今天我还常常想起当时一面喝着香槟,一面赏月的情形。

有一次跟房东 Heinz 一起登上哥德斯堡的城堡最高处,眺望四周。气喘吁吁的 Heinz 问我北京的方向,我朝东南方向指去。那一瞬间我突然想起了贬居海南澄迈县通潮阁的苏轼的诗句："杳杳天低鹘没处,青山一发是中原。"(《澄迈驿通潮阁》)我告诉他,青山如发的方向,一万公里之后就是北京。他似懂非懂地点了点头。朝我自己所指的方向往前看的时候,我才发现"已恨碧山相阻隔,碧山还被暮云遮"(李觏[1009—1059]《乡思》),权当"远望可以当归"(《悲歌》)吧!

二、莱茵河畔

一

除了哥德斯堡的山上之外,我还喜欢去附近的莱茵河畔。在这一段宽阔、流缓的莱茵河边上散步,可以看到对岸的七峰山(Siebengebirge)。春暖花开的季节,让人感到莱茵河畔的妩媚风光:眼前的盈盈流水仿佛少女一般,对岸簇簇青山更像是少女攒聚的眉峰。这俨然是宋代王观(1035—1100)的词句:"水是眼波横,山是眉峰聚。"(《卜算子·送鲍浩然之浙东》)

二

莱茵明月内,应是色成空。(唐代张说[667—730]《江中诵经》,原句为:"澄江明月内,应是色成空。")

晚上在莱茵河畔散步,澄碧的莱茵河水,明朗的月色,常常让我分不清是真实还是梦境,也会让我想到色空的观念。存在物(das Seiende)与存在(das Sein)并非真正相异,正如《心经》所谓"色不异空,空不异色,色即是空,空即是色"。莱茵河所显现出来的空,自然不是所谓死寂的顽空,而是有无边妙用的真如。

十 载 故 乡 心

2003 年的秋天,我在摩泽尔(Mosel)河畔一个朋友的别墅中小住了几日。一日傍晚,我坐在花园的椅子上,喝着那边特有的雷司令(Riesling)葡萄酒,俯视着缓缓流淌的摩泽尔河水,仰望着苍穹之上那圆圆的满月,突然想到了赵善庆(? —1345 后)的词句:"十载故乡心,一夜邮亭月。"(《庆东原·泊罗阳驿》)好像漂泊天涯的思乡之情一下子涌上了心头。

奇 志

我周围有几个六零后都取名"奇志"的女生,这是因为当时毛泽东的诗词"中华儿女多奇志,不爱红装爱武装"的发表。这首题为《为女民兵题照》的七绝,是毛泽东题赠给当年在身边工作的一位李姓女机要员的题照诗。七绝发表了之后,据说女生们纷纷脱却红装洗去粉黛,换上军装。实际上,真正有"奇志"者,并非这些响应号召的"半边天"们。早在清末秋瑾(1875—1907)就发出过"时局如斯危已甚,闺装愿尔换吴钩"(《柬徐寄尘》其二)的感慨。她希望自己能脱下闺装,换上戎装,直接投身革命。秋瑾绝不仅仅是摆摆姿态而已,她也成为了真正的女英雄:"休言女子非英物,夜夜龙泉壁上鸣。"(秋瑾《鹧鸪天·祖国沉沦感不禁》)龙泉宝剑之铮铮,体现了秋瑾心中之不平,词中体现出磅礴的气势，绝非近日搔首弄姿、装腔作势的小女子可比。也正因为此，柳亚子(1887—1958)发出了"谁信红颜是党魁"(《吊鉴湖秋女士》)的感慨！不过，作为女子，在那样一个时代中，确实有其壮志难酬的苦楚："醉摩挲，长剑作龙吟，声悲咽"(秋瑾《满江红·肮脏尘寰》)，词句中也表达了一种百般无奈的凄苦之情。

直 待 凌 云 始 道 高

儿子在上中学的时候，我很少参加他们学校的活动。他高中毕业了，我跟妻子一起高高兴兴地去了他们学校参加毕业典礼。其中一个仪式让我觉得格外冗长，那就是校长大人跟每一位毕业生合影。一两百个毕业生，持续了一个多小时的时间。晚饭的时候，我半开玩笑地跟儿子说，很佩服他们校长的耐心和体力，不理解的是，有这个必要吗？儿子说，绝对有这个必要。以往校领导只跟"好"学生合影留念，可后来发现好像事业"有成"的人物在校期间的成绩都不那么优秀，以至于著名的企业家回校捐款的时候，学校竟然找不出当年跟校领导的合影，非常尴尬。于是现任校长决定跟每一位毕业生合影留念，因为不知道哪位学生将来会成为国家的栋梁。这让我想起了唐人杜荀鹤(846—904)《小松》诗中的两句："时人不识凌云木，直待凌云始道高。"尽管校领导依然不识凌云木，但并不影响与每一株小松合个影。

不 改 清 阴 待 我 归

　　1995 年春天,我们将 2 岁多的儿子从江苏接来北京。当时的家住在紫竹院公园附近。因为家里很小,又堆满了我的书,于是我办了一张紫竹院的年票,每日带儿子在竹林边游玩。之后我也常常在那边散步,有时跟朋友开玩笑说,当年慈禧太后的"福荫紫竹院"现在成了我的后花园。盛夏的时候,每次进入紫竹院都让人感到凉风习习,花香阵阵:"竹密山斋冷,荷开水殿香。"(徐陵[507—583]《奉和简文帝山斋》)散步在幽篁百出、翠竿累万的紫竹院,常常让我思绪万千。晚上,在心情闲适,周围一切都静下来的时候,也会感到"荷风送香气,竹露滴清响"(孟浩然《夏日南亭怀辛大》)的恬静与舒适。2004 年春天,我从德国回到阔别已久的北京后,第一件事是又去了紫竹院,流连于南长河、双紫渠畔。后来读到唐代诗人钱起(722? —780)的两句诗:"始怜幽竹山窗下,不改清阴待我归"(《暮春归故山草堂》),感觉就是为此时我的心境而写的。至此我才明白,北京对我来说并不仅仅是我的居家、我的大学,还有等待我归来的"通幽处"的紫竹院的"竹径"。("竹径通幽处,禅房花木深。"常建[708—765]《题破山寺后禅院》)

几人花在故园看

我每年有两三个月的时间在路上，大部分是在欧洲，偶尔也会去日本。每到一个地方入住酒店后，常常是在酒店泡上一杯茶，或者在大堂的酒吧或花园里要上一杯咖啡，或一大杯啤酒，抚慰一下漂泊疲惫的心。欧洲的酒店往往会有一个小花园，除了冬季以外的季节，都可以在花园中吃早餐或喝一杯饮料。2015年夏天，在索菲亚一家酒店花团锦簇的花园中，闻着玫瑰花浓烈的香味，想到了明代著名藏书家徐𤊹的诗句："试问亭前来往客，几人花在故园看?"（《邮亭残花》）这样的心境是由于自己是过客的原因，一直在途中，才能体会到对故土的思念之情。反过来讲，如果一个人仅仅只在自己的家乡生活，在自己的园子里看花的话，可能永远写不出这样的诗句来。

几度夕阳红

这几天天格外地蓝，每天傍晚可以在办公室中欣赏夕阳西下。"青山又薄暮，斜日满西窗"（孔平仲[1044—1111]《偶书》）的景象，每每让我想到《三国演义》的卷首语："是非成败转头空，青山依旧在，几度夕阳红。"

月 是 他 乡 圆

在波恩待了五年之后,真觉得那边的月亮特别的圆。由于工作和生活的压力所致,在北京生活久了,人的身心都疲惫不堪,好像真的停不下来了。北京的星空常常被四周的建筑物切割得支离破碎,让人误以为是在毕加索(Pablo Picasso, 1881—1973)的画中,即便不是雾霾的日子,月亮好像也显得格外地小,想要跟你捉迷藏似的。李白(701—762)所邀的那轮月亮,除了在诗中外,好像就只有在波恩了。如果徐凝生活在今天,他所谓的"二分明月"一定指的是波恩,而非扬州:"天下三分明月夜,二分无赖是波恩。"(《忆扬州》)

兵 气 销 为 日 月 光

有关和平主义,古罗马著名的政治家西塞罗有一句名言说:"Cedant arma togae."(Cicero, *De officiis*)意思是说,让位于文官政权。《圣经》中有一段话:"他们要将刀打成犁头,把枪打成镰刀。这国不举刀攻击那国,他们也不再学习战事。"(《圣经·弥迦书》4.3)这里谈到的是实实在在的器物改变:将仇杀的刀打成犁头,将屠戮的枪改为镰刀。近日读到唐人常建(708—765)的两句诗:"天涯静处无征战,兵气销为日月光"(常建《塞下曲》),觉得异常传神。让全世界都不再有征战,让战争的氛围(兵气)化作能够哺育万物的日月光。时至今日,这在地球上的一些地方依然是一种理想。

青 山 能 识 旧 人 不

2006 年春天我回到了阔别两年的波恩，还是住在我留学时的房子里，有一种时光倒流的感觉。第二天上午我去了哥德斯堡以前常去的书店，老板抱着一摞书，对我说，有日子没来了。我说最近太忙了，就独自选书去了。中午在学生食堂，付账的时候，收银员习惯地收了我的学生价。傍晚，我迫不及待地来到了莱茵河畔，看着对面的七峰山，我大声地喊道："我与青山是旧游，青山能识旧人不?"（宋湘 [1757—1826]《贵州飞云洞题壁》）

向 人 如 惜 别

1985 年夏秋之交，我离开徐州到北京读书。在此之前我从来没有长时间离开过徐州的家。确定了要到北京读书之后，除了自己的家外，从小长大的奶奶家也让我依依不舍。近日读到李晏（1123—1197）的《赠燕》，其中的两句正是我当时的心情："向人如惜别，入户更低飞。"当时并不知道，这一离去到今天已经三十多年了。之间我很少在家待过超过一个月的时间，每次都是匆匆经过而已。

一 泓 海 水 杯 中 泻

每次去德国都是经蒙古、俄罗斯飞往欧洲的中部，因此在空中所见到的中国都是陆地。记得第一次从关西飞回北京，在一万米高空看到海边的陆地时，真正体会到犹如点点烟尘的景象。去年底，一个德国朋友送了我一个从空中看地球的挂历，一下让我想到了李贺（约 791—约 817）的"遥望齐州九点烟，一泓海水杯中泻"（《梦天》）的诗句。这样的感受，可能只有宇航员才会有吧。只有在广袤无垠的宇宙间，广阔的陆地及浩瀚的海洋才可能变成烟尘与杯水。

万 里 未 归 人

多年前我在德国留学，妻儿在北京。很多次的春节我们都是分别在波恩和北京过的。2016 年春节，我跟妻在北京，儿子却在杜塞尔多夫，他要在春节之后才能回到北京。欧洲的城市当然没有中国的年味儿了。"一年将尽夜，万里未归人"（戴叔伦［约 732—约 789］《除夜宿石头驿》），这两句诗让我想到当时离家万里、独自栖身在德国的情景，依旧历历在目。

欲 寄 相 思 千 点 泪

元丰二年(1079),苏轼由徐州调任湖州,发出了"天涯流落思无穷"(《江城子·别徐州》)的感慨。在徐州的两年中,苏轼治理黄河卓有成效,也与很多当地的文人墨客结下了深厚的友谊。苏轼曾为北宋徐州的隐士张天骥(1041—?)写下了著名的《放鹤亭记》,他对徐州可谓是一往情深。临别徐州时,他思忖道,到了湖州后再回徐州的可能性不大了:"回首彭城,清泗与淮通。欲寄相思千点泪,流不到,楚江东。"(《江城子》)

将 五 十 年 兴 亡 看 饱

2015年我五十岁生日的时候,想到了自己跨越两个世纪的五十年,也想到下一个五十岁生日将在另外一个世界过,让我思绪万千:"这青苔碧瓦堆,俺曾睡风流觉,将五十年兴亡看饱。"(孔尚任[1648—1718]《桃花扇·余韵》)

人 间 北 看 成 南

熙宁二年（1069），宋神宗起用王安石筹划变法，在元丰年间付诸实施。而到了元祐年间，宋哲宗任用丞相司马光（1019—1086），将王安石的变法彻底否定了。"真是真非安在，人间北看成南。"（《次韵王荆公题西太一宫壁》其一）其后的黄庭坚，对孰是孰非也表示了不解。好像历史并没有给出一个绝对正确或错误的判断。

浊 酒 一 杯 家 万 里

刚到波恩不久，我特别喜欢在老市政厅前的广场上喝上一大杯酵母麦芽啤酒（Hefeweizen）。原色的酵母麦芽啤酒色泽金黄，比较浑浊，既有麦芽的香味，又略带酵母的酸味，味道很是特别。每次举起上粗下细的杯子时，都让我浮想联翩："浊酒一杯家万里，燕然未勒归无计。"（范仲淹《渔家傲》）当时的学业刚刚开始，如何继续下去，心中完全没有数。

红他枫叶白人头

2015 年 10 月下旬,我过五十岁的生日,也正是天气转秋的季节。秋风萧瑟,草木枯谢。我望着镜中两鬓的华发,惟有感慨岁月的流逝。拉丁文中有"Fugit hora"(时光飞逝)的说法。远眺西山,层林尽染,想到了"最是秋风管闲事,红他枫叶白人头"(赵翼[1727—1814]《野步》)的诗句,让我唏嘘不已。

残灯永夜客愁听

在德国留学的岁月,每到圣诞节和除夕、元旦的时候,都会时不时地想家。特别是除夕的烟花爆竹响起的那一刻,我常常会想到黄公度(1109—1156)的诗句:"爆竹一声乡梦破,残灯永夜客愁新。"(《乙亥岁除渔梁村》)在辞旧迎新的时刻,家家户户欢庆团圆,虽然不像黄公度谪居在边远的肇庆,但依然会感受到一丝凄凉的思乡之苦。

哥 德 斯 堡 的 秋 天

范仲淹(989—1052)的"碧云天、黄叶地,秋色连波,波上寒烟翠"(《苏幕遮》),让我常常想到波恩的日子。波恩的秋天,实在令人向往。如果从哥德斯堡的王储大街(Kronprinzstraße)横穿至邓格乐大街(Denglerstraße)的话,就仿佛进入了一条 19 世纪末到 20 世纪初的建筑博物馆一般:新古典主义、青年艺术风格⋯⋯让你应接不暇。道路两旁的菩提树、橡树等的树龄也大都超过了一百年。被风吹落的树叶铺满了整个的人行道,脚踩在上面咯吱咯吱响。在澄碧的天空掩映下,那里简直就是一幅浓彩的油画,给人以苍凉高远的感觉。从邓格乐大街一直往东,经过一个小公园便到了莱茵河畔。漫漫的秋色遥接着森森的莱茵河水,河面上笼罩着绿色的烟云。偶尔经过的运输船只的汽笛声,会打破无限的想象,将你重新拉回到现实的世界中来。

东 西 都 是 家

读苏轼的两首词,其中的两句充满着人生的大智慧:"一蓑烟雨任平生"式的潇洒,以及"此心安处是吾乡"的适意。以前我在波恩的寓所,挂着一幅赵朴初(1907—2000)书的"看尽杜鹃花,不须垂泪怨天涯,东西都是家"的汉代俳句条幅,总是给人一种凄凉的感觉。后来在德国的一家商店里,看到了一个木制的挂牌:"Ob Osten oder Westen, Zuhause da ist's am Besten."(不论东方还是西方,家最棒!)我赶紧就买下来了。只是每个人界定各自"家"的方式都不同,而东坡居士的"此心安处"可以说是真正随遇而安的"禅心"。

家究竟在哪里? 南朝宋时的谢灵运(385—433)说:"清辉能娱人,游子憺忘归。"(《石壁精舍还湖中作》)散射在山水间的日光,有时会使人心情愉悦,游子也会有一种错觉,进而会流连忘返。家的感觉有时是在一种心情之中。

拉丁语中有一个说法:"Ubi bene, ibi patria."(哪里好,哪里就是我的祖国。)这显然是世界公民对待世界的态度。但对于李白来讲,"但使主人能醉客,不知何处是他乡"(《客中作》)。也就是说,在诗人看来,有好酒处就是他的家乡,从而忘记了自己的故乡究竟在哪里!

内 心 的 宁 静

　　波恩的时光好像是凝固的一般,2004 年 5 月,当我匆匆离开这座我生活了五年的小城的时候,在大学附近的咖啡馆外,人们依然在露天的阳伞下悠闲自在地喝着咖啡,或闲聊着,或独自看着报纸。两年之后我再在原来的房子小住的时候,好像又回到了原来的时光。当火车进站的一瞬间,我感到这就是波恩的空气,一定是。北外东院北墙外有一家咖啡馆,名曰"雕刻时光"(Sculpting in time Café),尽管那里的咖啡一般,但我觉得这家咖啡馆的英文名字真的很绝,在日新月异、转瞬即逝的北京,可能会更让人从中感到永恒的意义。我常常怀念在波恩的日子,特别是当我忙得四脚朝天的时候,会感到波恩的周末真能让你休息个透。在哥德斯堡,我住的四层小楼始建于 1907 年,是青年艺术风格式(Jugendstil)的建筑,这是拒绝了大批量生产的工业化而创立的具有鲜明个性的典范,典雅、舒适,又不失活泼。整座房子坐落于哥德斯堡溪流的前面。我的起居室仅有一个窗子,从窗中所能看到的是花园、溪流和一条单行的马路。有时我趴在窗子上,一两个小时也看不到一辆车驶过或一个行人从单行道上走过,能听到的响声仅仅是潺潺的溪流水。每年我都会回波恩小住数日,最主要的是要重新找到我内心的宁静来。

玉 树 后 庭 花

以往读杜牧的诗"商女不知亡国恨,隔江犹唱后庭花"(《泊秦淮》),只知道《后庭花》是陈后主(陈叔宝,553—604)所作的靡靡之音,后来陈为隋所灭,这首歌也成为了亡国之音了。今天读到仅剩下两句的"璧月夜夜满,琼树朝朝新"的《玉树后庭花》,确实感受得到,当时沉迷于宴饮歌舞中的陈后主,过着浑浑噩噩、纸醉金迷的荒淫无度生活。可惜陈朝并没有像他想象的那样"夜夜满"、"朝朝新",而是不久便告灭亡。

沾 泥 絮

2004年我从波恩回北京,至今已经十几年了。在波恩大学的几年间,周围的环境让你能够静下来,潜心于学问。德国大学的体制也鼓励学者们朝学问的纵深方向发展。一般来讲,一位人文学科的学者,在当上教授之前,最重要的"学术成果"是博士论文和教授资格论文(Habilitation),这二者之间往往还有一定的关联性。回来后发现,国内大学的考核指标,不仅规定了教师各个级别的项目和发表的指标,对在校的硕士生、博士生,也有硬性的规定。学术有其自身发展的规律,揠苗助长之风气,往往只能适得其反,将事情弄得更糟。宋代的吕本中(1084—1145)说:"学问功夫,全在浃洽涵养蕴蓄之久……非如世人强袭取

之,揠苗助长,苦心极力,卒无所得也。"(《紫薇杂说》)

参加今年学校进人的面试,看到有的博士生,一年就在所谓C刊上发表五六篇文章,我只能说自叹弗如。现在的学术界好像是那些轻薄为文、摇唇鼓舌者们的天地。当今之时,我也只能躲进小楼了。道潜(1043—1106)说:"禅心已作沾泥絮,肯逐春风上下狂?"(《口占绝句》)但实际情况是,大部分的柳絮会随风而舞,桃花也会逐水而流:"颠狂柳絮随风舞,轻薄桃花逐水流。"(杜甫《绝句漫兴》其五)对于那些丧失了独立人格的随波逐流者来讲,当下学术评价的制度也起到了推波助澜的作用! 在这样的一个喧嚣浮躁的时代,又有谁愿意安静下来,将整个的身心浸润于学问之中呢? 做学问跟卖东西一样沦为了攫取功名利禄、晋升的工具! 这些人喧腾一时,也获得了当代的各种荣耀:"尔曹身份名俱灭,不废江河万古流。"(杜甫《戏为六绝句》)但从一个长时段来看,我坚信那些真正的学者们默默无闻的努力,才可能"不废江河万古流"。

情 似 雨 余 粘 泥 絮

道潜禅师所谓"禅心已作沾泥絮,肯逐春风上下狂"(《口占绝句》),寓意深刻。遗憾的是今天已经很少有这样特立独行的人了。而周邦彦(1056—1121)在其《玉楼春》中却反其义而用之。某日词人独自旧地重游,对往昔的爱情依旧难舍:"人如风后入江云,情似雨余粘泥絮。"由此看得出来词人真挚的情感。

饥 来 吃 饭 ，困 来 即 眠

现在想起来,在波恩留学的日子是非常快乐的,更何况那边每年有很多各种各样的节日。作为天主教地区的北莱茵,过狂欢节(Karneval)常常很疯狂!科隆的狂欢节是很有名的,我去过几次。有一年的寒风料峭的二月份,我跟朋友约好在科隆火车站集合后,一起去参加狂欢节的游行。我在波恩上了开往科隆的慢车,不到半个小时的车程,不过车上已经挤满了人。我好不容易找到一个座位,我旁边和对面都是前往科隆参加狂欢节的人。这些人拿着各种各样的化妆道具,但在车上他们依然在严肃地谈着工作和家庭的各种事情。到了科隆之后,他们才开始换衣服,说笑、狂欢。德文中有一个说法是:"Arbeit ist Arbeit, aber Schnaps ist Schnaps."意思是说,工作是工作,娱乐是娱乐,不可以混淆的。

以前读《景德传灯录》,也读到类似的一则故事:有源律师来问:"和尚修道还用功否?"师曰:"用功。"曰:"如何用功?"师曰:"饥来吃饭,困来即眠!"曰:"一切人总如是。同师用功否?"师曰:"不同!"曰:"何故不同?"师曰:"他吃饭时不肯吃饭,百种须索。睡时不肯睡,千般计较。所以不同也。"律师杜口。(卷六"大珠慧海")如果真能做到"饥来吃饭,困来即眠",也算是达到了一种境界吧!

过 江 鲥 鱼

据说江东四月有鲥鱼。东晋名士，避乱江左者十之六七，时人因此说"过江名士多于鲥"。(《晋书》)清初陈维崧(1625—1682)有"好风休簸战旗红，早送鲥鱼如雪过江东"(《虞美人·无聊》)之词句。新竹清华大学的杨儒宾(1956—)认为，1949年的文化南迁是历史上足以抗衡东晋永嘉渡江和南宋靖康渡江的第三次南迁的事件。王德威(David Der-wei Wang, 1954—)在杨儒宾《1949礼赞》的序言中写道："……当年跨海而来的不只是冷冰冰的政权，还有丰富的文化资源。彼时大陆马列主义当道，胡适、殷海光等自由派学者，徐复观、唐君毅、牟宗三等新儒家学者，苟无在台湾自植灵根的机会，不能发展出日后的民主花果。其他文人学者从张大千、林语堂、傅心畬、台静农以降，莫不携来中西资源，结合在地民情风土，才能有了兼容并蓄的台湾文化。"[1]2015年中秋，儒宾教授寄赠此书时，写了一首打油诗："永忆京华共醉时，金乌欲坠城头西。因观学在四夷日，更念人间毛润之。"1949年两岸的曲折发展，真正地指向了中国现代性与西洋现代性的衔接！

---

[1] 王德威：《纳中华入台湾》"序一"，收入杨儒宾：《1949礼赞》，台北：联经出版事业股份有限公司，2015年，第10页。

一纸防秋疏

宋亡了之后的一个冬天,林景熙(1242—1310)偶在山中过夜,在一户人家围炉取暖的时候,抬头看到了窗户上新糊的纸原来是一篇防秋疏。这篇防御北方元兵南下的奏章,竟然被当作废纸来裱糊门窗,也只能充当抵御北风的作用了吧。可见宋亡已成必然。诗人于是做了一首诗,将此事记下:"偶伴孤云宿岭东,四山欲雪地炉红。何人一纸防秋疏?却与山窗障北风。"(《山窗新糊有故朝封事稿阅之有感》)

物 质 发 达 , 真 趣 消 失

1924 年 4 月泰戈尔(Rabindranath Tagore, 1861—1941)访华,18 日下午,上海文化界人士在宝山路商务印书馆的图书馆会议室为泰戈尔访华举行了盛大的欢迎仪式。泰戈尔在演讲中表达了对中国"惟敬与爱",但在上海的所见所闻却让他感到"中国文化因物质文明而被创,犹之魔鬼展其破坏之舌……物质发达,真趣消失,将来世界,恐徒见闪烁死的光彩"。[①]

---

① 泰戈尔:《访华演讲词》,收入泰戈尔著,冰心译:《园丁集》,南京:译林出版社,2009 年,第 201—202 页。

冷 暖 自 知 ，不 必 别 求 甘 露

泉州开元寺的戒坛有许祖武的一副对联："冷
暖自知，不必别求甘露；我人无相，都来随喜戒坛。"
我特别喜欢前一句，这是六祖的智慧加上人间佛教
的思想。如鱼饮水，冷暖自知，道出了人生的真谛。
而不必求甘露，则表明心外无真如。据说古希
腊国王曾问雅典城邦的第一执政官梭伦（Solon，
前 638—前 559）："请告诉我，我的生活过得好
吗？"梭伦回答说："没有人能回答您的问题。"耶稣
在谈到天国的时候，也曾说过："天国就在你们的
心里。"

不 执 着

经济学中将已经发生不可收回的支出，如时间、
金钱、精力等称为沉没成本（sunk cost），这些成本由
于过去的决策已经发生了，而不能由现在或将来的
任何决策改变。这让我想到现代人的饮食习惯，很
多脑满肠肥的人，都是吃公家饭吃出来的。即便在
饭店里吃自己点的饭菜，如果点多了的话，也会成为
"沉没成本"，很多人会最大限度地将已经点了的饭
菜吃光。时间长了，自然就成为了肥头大耳、大肚便

便者。几年前在德国国家科学院开会的时候,认识耶拿(Jena)大学的一位知名教授,50多岁就已经富态到了极致。我当时还在想,如果一个人连自己的身体都没有办法控制的话,如何做得好其他的事情。不久之后朋友来信说,这位教授去世了。佛教认为,执着是由虚妄分别之心沉迷于我及法等,换句话说就是将虚妄非实的人我及万法,执以为实有自性,从而起种种迷妄颠倒、虚伪不实之见解。我想,佛教所说的不执着,当然也包括对"沉没成本"的舍弃。

贵 在 坚 持

梁邱据(春秋时期齐国的大夫)谓晏子(前 578—前 500)曰:"吾至死不及夫子矣。"晏子曰:"婴闻之,为者常成,行者常至。婴非有异于人也,常为而不置,常行而不休已而。"吴生曰:"所谓不在三更早,五更迟,只怕一日暴,十日寒。"这几段话出自吴应箕的《读书止观录》,所谓"吴生"所指的当然是"吴应箕"了。

清代学者彭端淑(1699—1779)曾作《为学》一文,认为"旦旦而学之,久而不怠焉,迄乎成"。他在文中举了两个和尚的例子,我觉得很有意思:

蜀之鄙有二僧，其一贫，其一富。贫者语于富者曰："吾欲之南海，何如？"富者曰："子何恃而往？"曰："吾一瓶一钵足矣。"富者曰："吾数年来欲买舟而下，犹未能也。子何恃而往！"越明年，贫者自南海还，以告富者。富者有惭色。西蜀之去南海，不知几千里也，僧富者不能至而贫者至焉。人之立志，顾不如蜀鄙之僧哉？（彭端淑《白鹤堂文录·为学一首示子侄》）

　　以上贫富二僧去南海的例子，让后辈领会其中所包含的道理，亦即为学的结果不仅仅在于天赋资质，更取决于个人是否有求学的恒心和意志。

　　上中学的时候，我曾经写过一份"决心书"，拿给父亲看，父亲用毛笔写下了"贵在坚持"四个字。今天想来，这其中自有其道理。

多 层 意 义

理 解 的 不 确 定 性

中国旅德学者李文潮（1957—　）于 2000 年出版了一本有关 17 世纪基督教中国传教的著作，书名为《17 世纪基督教在中国的传教——理解、不解和误解》。① 他在书中使用了"理解"（Verständnis）、"不解"（Unverständnis）以及"误解"（Missverständnis）三个德文词汇，用来描述 17 世纪时基督教在中国的接受情况，因为对理解的不确定性是当代学术最重要的特征之一，我们所期待的那种所谓的对他者的完全理解基本上是不可能实现的。

各 时 代 有 各 个 时 代 的 孔 子

唐代著名道教学者杜光庭（850—933）就曾对历史上对《老子》一书的不同的阐释指出："道德尊经，包含众义，指归意趣，随有君宗。"（《道德真经广圣义》洞神部玉诀类卷五）接下来他列举了道家、佛家、儒家等不同思想家对《老子》的不同解释。他对此解

---

① Wenchao Li, *Die christliche China-Mission im 17. Jahrhundert. Verständnis, Unverständnis, Missverständnis.* Stuttgart: Franz Steiner Verlag, 2000.

释道:"道与世降,时有不同,注者多随时代所尚,各自其成心而师之。故汉人注者为'汉老子',晋人注者为'晋老子',唐人、宋人注者为'唐老子'、'宋老子'。"(《玄经原旨发挥》洞神部玉诀类卷下)实际上任何的注释者都是没有办法超越他所处的时代的,他必定要受到时代思潮的影响。以孔子为例,1926年顾颉刚(1893—1980)在《春秋时的孔子和汉代的孔子》一文中指出:"各时代有各时代的孔子,即在一个时代中也有种种不同的孔子呢(例如战国时的孟子和荀子所说的,宋代的朱熹和陆九渊所说的)……"①

---

① 顾颉刚:《春秋时的孔子和汉代的孔子》,收入顾颉刚编:《古史辨》第二册,北京:朴社,1930 年,第 131 页。

偏 见

中文语境中的"偏见"一词实际上也并不是从一开始就具有"错误"或"片面"的见解的含义。如《汉书·杜邺传》中有："疏贱独偏见，疑内亦有此类。"颜师古注曰："邺自谓傍观而见之也。"这是"从侧面观察到"的意思。不过很早人们就开始用"片面的"见解这一含义来解释"偏见"了。最晚从郭象（约252—312）开始，这一词就已经有"片面的见解"的含义了：郭象在注《庄子·齐物论》"与物相刃相靡……不亦悲乎"时写道："各信其偏见，而恣其所行，莫能自反。"在这里显然是"片面的见解"的意思。从侧面来看或曰一孔之见，并不意味着一种错误的判断，它实际上包含了肯定和否定的含义。由于人们将"偏"的"不居中、侧面"的含义引申到"不公正"、"片面"乃至"错误"方面，所以后来"偏见"一词在汉语中几乎成为了"片面的见解"或"错误的见解"的代名词。

《圣经》的自解原则与海外汉学文本的正当性

为了反对独断论的传统,宗教改革家在 16 世纪的时候提出过所谓的"《圣经》自解原则"(Schriftprinzip)。路德(Martin Luther, 1483—1546)将此解释为:认为仅仅通过《圣经》本身就可以解释其自身(sui ipsius interpres),即便其中某些词语可能是不清楚的,但是最根本的内容——"因信称义"(Rechtfertigung,日本学者将这个词翻译成"義認")的学说却是清楚的。因此,路德强调,对《圣经》的解释完全不需要依赖于教会的传统。18 世纪的启蒙思想家们根本不承认任何的前见和权威,因此他们当时认为,路德的伟大贡献就在于:"使人的威望的前见,特别是对哲学王(他意指亚里士多德)和罗马教皇的前见,得到根本削弱。"[①]如果路德阐释《圣经》的方式具有正当性的话,那么海外汉学家不依据中国文化传统对中国文本所作的阐释同样具有正当性。

---

① 伽达默尔著,洪汉鼎译:《真理与方法》,上海:上海译文出版社,1999 年,第 356 页。

多副眼镜看待中国文化

海外汉学家们的贡献在于从一个完全不同的文化立场出发，对中国文化、学术予以观察和研究。这一他者的视角，对我们来讲，具有极强的互补性和参照性，为我们的同主题研究提供了他者的新思路和新方法。顾彬认为："设想有一个固定不变的对象，即中国，全部时代的全部的人，都能以相同的方式来理解之，这大错特错。如果有那么一个中国，中国将会多么贫乏无聊，汉学领域也会极度单调乏味。"① 余英时（Ying-shih Yu, 1930—　）指出："如果仅仅用一副眼镜，你只能看出一个面貌。而如果你有很多副眼镜随时换着看，就可以看出不同的面貌来。在不同的面貌中间，你可以找出中国历史上某些大的变化、大的阶段，我想这就是我们要建立的东西。"②

---

① 顾彬著，王祖哲译：《"只有中国人理解中国？"》，载《读书》2006年第 7 期，第 17 页。

② 余英时：《史学研究经验谈》，收入余英时著，邵东方编：《史学研究经验谈》，上海：上海文艺出版社，第 7—8 页。

"橘枳之变"与"去脉络化"和
"再脉络化"

任何思想都有其滋生和发展的社会和学术土壤,这一土壤发生变化显然会产生"橘枳之变"。据《晏子春秋》记载,晏子在回答楚王所提出的责难——齐人在楚惯于偷盗时,答曰:"婴闻之:橘生淮南则为橘,生于淮北则为枳,叶徒相似,其实味不同。所以然者何?水土异也。"淮南的橘树,移植到淮河以北就变为枳树。环境变了,事物的性质也会相应地改变。北宋僧人赞宁(919—1001)也将"橘枳之变"的比喻运用到了翻译上来:"译之言易也,谓以所有易所无也。譬诸枳橘焉,由易土而殖,橘化为枳。枳橘之呼虽殊,而辛芳干叶无异。"日本僧人慧晃(1656—1737)曾编撰一本梵汉对照的佛教词典《枳橘易土集》,共二十六卷。书名的象征性含义同样是,江南之"橘"移往江北而变种为"枳",用来表示在梵汉翻译过程中的变化。汉学文本本身是开放的,海外汉学研究仅仅是众多阐释中的一种,汉学的文本或思想由于脱离了原来的情境和脉络,在新的语境中往往会有意想不到的新的阐释和理解。这便是黄俊杰(1946—)所谓的"去脉络化"(de-contextualization)与"再脉络化"(re-contextualization)的过程。黄俊杰在解释东亚文化圈的这一现象时写道:"原生于甲地(例如中国)的诸多概念或文本,在传到乙地(例如朝鲜或日本)之际常被'去脉络化',并被赋予新义而

'再脉络化'于乙地的文化或思想风土之中。经过'脉络化的转换'之后,传入异域的人物、思想、信仰与文本,就会取得崭新的含义,也会具有新的价值。"①

异 端 的 权 利

曾经被作为异端的宗教改革家加尔文(Jean Calvin, 1509—1564)在成为了日内瓦这座新教城市宗教和世俗的新领导人后,对反对他的新的"异端"思想进行残酷的镇压。西班牙的神学家、医生塞尔维特(Miguel Servet, 1611—1553)因主张耶稣是人而不是神,被加尔文指使日内瓦政府当局于 1553 年以"异端"罪名被判火刑处死。次年,时任巴塞尔大学的教授卡斯特利奥(Sebastian Castellio, 1515—1563)出版《论异端:他们是否应当受迫害》(*De haereticis, an sint persequendi*)一书,在书中他对包括塞尔维特在内的所谓异端神学家进行了辩护。奥地利犹太裔作家茨威格(Stefan Zweig, 1881—1942)于 1936 年完成了他的历史学著作《卡斯特利奥对抗加尔文》(*Castellio gegen Calvin* oder *Ein Gewissen*

① 黄俊杰:《东亚文化交流史中的"去脉络化"与"再脉络化"现象及其研究方法论问题》,《东亚观念史集刊》第二期,2012 年,台北:政大出版社,第 59 页。

gegen die Gewalt，Wien 1936，或译：《良知对抗暴力》）。这部书表面上是对 16 世纪卡斯特利奥反对加尔文事件经过的描写，实际上是借此对纳粹极权主义的批判。

王 锡 侯 《 字 贯 》案

乾隆四十年(1775)江西新昌(今宜丰)人王锡侯(1713—1777)十七年皓首穷经编撰成了《字贯》得以刊行，只是为了启蒙幼童。王锡侯将《康熙字典》内容分为"天、地、人、物"四类，仅仅是为了查找方便而已，这却也为他日后遭受文字狱埋下了祸根。王锡侯后被告发，判了凌迟的死罪。原因在于《康熙字典》所树立的唯一正统的观念是不容置疑的。今天看来，王锡侯删改《康熙字典》的行为本身已构成了对钦定《康熙字典》权威性的蔑视。乾隆皇帝和他的大臣们所不知道的是，当时和后来的西方传教士们所编纂的汉外字典，大都是改编《康熙字典》而成的。只不过当时他和他的后继者们的权力抵达不到欧罗巴而已，自然也没有办法对这些轻视清廷权威的洋人施以重刑了。

对 传 统 的 批 判 性 " 重 构 "

"重构"（Konstruktion）是哈贝马斯（Jürgen Habermas, 1929—　）重要的哲学概念。1976 年他出版了一本名为《论历史唯物主义的重构》小册子。[①] 按照哈贝马斯的观点，重构历史唯物主义，并非简单地回到马克思那里，而是要赋予历史唯物主义以新的形式，从而达到马克思的历史唯物主义未曾达到的目的地。传统本身并不一定具有深刻的意义，这需要我们以今天的眼光和问题意识去与之对话，从而激活这些资源。传统如果不经转化，就无法解决今天的各类问题。重构传统文化中所蕴含的对今天有意义的潜能，以一种批判的意识对待传统，才能使传统具有应有的活力。

---

① Jürgen Habermas, *Zur Rekonstruktion des historischen Materialismus*, 1976.

"重构"小苹

晏几道《临江仙·梦后楼台高锁》中有两句曰："当时明月在，曾照彩云归。"

晏几道（1030—1106）由于是宰相之家，早年曾养有苹、鸿、莲、云四个歌女，谙于词曲的叔原也会亲自教授她们歌曲。后来家道中落之后，四个歌女都离开了。一个月明如昼的夜晚，作者回忆旧时的生活，想到，如今之明月，即是当时之明月，而小苹已经不在了。在当时的明月之下，小苹像一朵彩云似的归来。现在对小苹的回忆当然是由于今时的明月引起的，我想这正暗合了克罗齐（Benedetto Croce，1866—1952）所说的"一切真历史都是当代史"①的含义。明月是唤起对往事记忆的契机，是"重构"的前提。在当时的明月之下，小苹的归来，是作者自觉重构的结果。如今见到的小苹，跟当日的自然不一样，是基于今日的语境的重构。

---

① Benedetto Croce, *History: Its Theory and Practice*. New York: Harcourt, Brace & Co., 1923, p. 12.

佛 教 对 女 人 的 看 法

近日读《大宝积经》，其中一段对女人的看法很说明佛教的立场："如鸟为求食，不知避网罗，贪爱于女人，被害亦如是。譬如水中鱼，游泳网者前，便为他所执，岂非自伤损。女若捕鱼人，谄诳犹如网，男子同于鱼，被网亦如是。"女子是祸水，作者将女子比作捕鱼人的网，男人常常中计，为女子的花言巧语所迷惑，从而被网络住。男人根本没有认清女人的真实面目。

传到中国的《四十二章经》中认为，对待女人有如下的方法："佛言：慎勿视女色，亦莫共言语，若与语者，正心思念。我为沙门，处于浊世，当如莲华，不为泥污。想其老者如母，长者如姊，少者如妹，稚者如子，生度脱心，息灭恶念。"有点像今天的换位思考，如果将美色想成自己的母亲、姐妹或孩子，可能就没有想亲近的想法了。

《四十二章经》中还有一个有意思的比喻："佛言：财色于人，人之不舍。譬如刀刃有蜜，不足一餐之美，小儿之则有割舌之患。"我想佛教所谓，不仅仅是割舍，往往是因此丢掉了性命。

祸 水 、 不 靠 谱 及 其 他

女人是祸水一说在中国的文学典籍中常常出现。"红颜祸水"基本上成为了对很多女性的"刻板"描写。孔子所谓"唯女子与小人难养也"(《论语·阳货》)。古罗马诗人提布鲁斯(Tibullus,前55—前19)则说:"Nec fidum femina nomen."(*Lygd*. 2, 4, 61)他认为,不靠谱是女人的名字。佛教之中,对女人也多有诋毁之词。《大般涅槃经》:"一切女人皆是众恶之所住处。"《大智度论》曰:"大火烧人,是犹可近。清风无形,是亦可捉。虺蛇含毒,犹亦可触。女人之心,不可得实。"以前学德语的时候,也学过"Die Frau weiß eine Kunst mehr als der Teufel"的说法,是说女人的招数胜过魔鬼! 伽达默尔认为,任何的文本都有其历史性(Geschichtlichkeit),而并不存在所谓超越时代、固定不变的终极意义。上面的这些观点今天看来当然政治不正确(paolitical incorrect),因此很多的宗教学家、国学家,绞尽脑汁来做超越时代的解释。女权神学(Feminist Theology)也应运而生。

缺 少 理 性 的 女 性

康德(Immanuel Kant, 1724—1804)曾在他的著名论文《什么是启蒙?》中,[1]认为女性缺少理性。康德认为,人已经走出了其未成年状态,足够成熟,能够不依赖一种父亲式的权威找到自己的道路。在谈到 sapere aude(要敢于认识),要用勇气使用自己的理智的时候,指出:绝大部分人(其中有全体女性)除了由于迈向成年是艰辛的之外,也认为它是很危险的。"女性"在原文中,康德使用了"das ganze schöne Geschlecht",意思是漂亮的性别! 这一对女性非理性的指责也常常为后世女性们所诟病。

萧 艾 与 桂 兰

明代何景明(1483—1521)《种麻篇》中说"升萧艾乃至,锄桂致伤兰"。中国古代将人分为"君子"和"小人",很多的文人著作和小说笔记都推崇君子,贬斥小人。这种传统一直到我小时候,看电影或小儿书的时候,总在区分好人和坏人。《种麻篇》表面上写的是种麻,实际上所指的是君子和小人的分野。萧、艾这些蒿类植物,古人称作"臭草",就是小人;而

---

① Immanuel Kant, "Beantwortung der Frage: Was ist Aufklärung?" In: *Berlinische Monatsschrift*, 1784, H. 12, S. 481—494.

桂、兰则是香花,自然是比作正人君子了。中国古代哲学中的阴阳互补、转化的思想,是一种理想型(Idealtyp),至少在孟子的时代依然是这样:"无君子莫治野人,无野人莫养君子。"(《孟子·滕文公上》)但在实践的层面,却常常充斥着一种二元对立的分法。

"丸泥"与阐释学循环

　　虎门销烟之后,林则徐(1785—1850)被革职充军,遣戍伊犁。道光二十二年九月(1842年10月)林则徐一路颠簸,满身征尘到达嘉峪关。当他策马出关的时候,亲眼见到了"天下第一雄关",感慨万千,写下了著名的诗句"谁道崤函千古险?回看只见一丸泥"(《出嘉峪关感赋》)。前一句是近看,威严高耸的嘉峪关依山而筑,雄踞河西走廊咽喉津要,犹如屏障一般。身临其境的时候,与东部河南境内的崤函相比,更显其高耸险固的地势。而从远处回头东望,放眼下看,却是"只见一丸泥"的感觉。亲临其下的时候,必须根据各个险要的部分来理解整个函谷关,等有了距离感之后,便可以从整体来审视各个部分了。这是伽达默尔的阐释学循环(hermeneutischer Zirkel)。

酒 中 自 有 真 理 在

学拉丁文的时候，我最喜欢的一句是："In vino veritas."这句话的固定译文是：酒后吐真言。我则仿照"书中自有黄金屋"的句式，译作：酒中自有真理在。《酒谱》（成书于宋仁宗天圣二年，亦即1024年）中对酒的来源的解释为："然则酒果谁始乎予，谓知者作之，天下后世循之。"（宋·窦苹《酒谱》内篇上，《说郛》本）这是所谓的"知者"应当是"智者"的通假字。也就是说，窦苹认为，酒始于智者。智者造出了酒，而酒中又蕴藏着真理。"酒后吐真言"，从理性到人的本性直觉，有时需要惊人的智慧。

无比喜爱中国白酒的顾彬，据说是因为李白的那首《黄鹤楼送孟浩然之广陵》使他告别了新教神学的研究而转向唐代的中国。我不知道，如今已进入"从心所欲不逾矩"之年的他所曾希望从汉学中获得的，是否在李太白曾喝过的中国白酒中找寻到了。

书 中 自 有 自 由 在

拉丁文中也有一句话说："In libris libertas."（书中自有自由在）不论是古代罗马还是今日之世界，知识分子除了书和酒之外，更夫何求？从格调上来讲，这句拉丁文无论如何比宋真宗赵恒（968—1022）《励学篇》中的名句"书中自有千钟粟，书中自有黄金屋，书中自有颜如玉"要高明得多。晚清洋务运动之后，中国知识分子意识到中国要走上富强之路，必然要全面学习西学，遂有"书中自有富强术"之说，于是开始大量译介西方的学术、政治、科学书籍。这依然是一种病灶心理。

何 事 绁 尘 羁

明代有一则有意思的笔记记载：

释法常性嗜酒，无寒暑风雨常醉，醉即熟寝，觉即朗吟。谓人云："酒天虚无，酒地绵邈，酒国安恬，无君臣贵贱之拘，无财利之图，无刑罚之避。陶陶焉，荡荡焉，乐其可得而量也。转而入于飞蝶都，则又蒙腾浩渺，而不思觉也。"（明·李贽《初潭集》卷十一《师友一》）

这位法常和尚卓尔不群，只有酒醉的时候才能达到众生平等、不复为尘世所羁绊的境界。对公正的畅想可能只有在醉酒或梦中才能实现吧。可谓是践行了 in vino veritas 的一位先行者，同时也暗合了陶渊明（约 365—427）"吾生梦幻间，何事绁尘羁"（《饮酒》二十首其八）的人生理想。

熟 能 生 巧

中学的时候读杨伯峻（1909—1992）的《论语译注》，第一句"学而时习之"的"习"字他解释为"实习"、"演习"。[①] 后来学德文的时候，很早便学会了Übung macht den Meister（熟能生巧）的说法，我更愿意将这句话翻译成"练习成就大师"。前些日子读到杨雄（子云）和王君大的说法，觉得很有意思："杨子云工赋，王君大习兵，桓谭欲从二子学。子云曰：能读千赋则善赋。君大曰：能观千剑则晓剑。谚曰：习服众神，巧者不过习者之门。"（祁承㸁［1563—1628]《澹生堂藏书约》，通行本）这是熟能生巧的好例子。

此 心 到 处 悠 然

宋代张孝祥（1132—1170）有"世路如今已惯，此心到处悠然"（《西江月》）的词句。如果一个人走惯了崎岖的山路，那他不论到哪里都会得心应手的。

---

① 杨伯峻译注：《论语译注》，北京：中华书局，1980 年，第 1 页。

是 妄 非 精 进

若起精进心，是妄非精进。

若能心不妄，精进无有涯。

此乃《法句经》(*Dhammapada*，法救撰集，三国吴之维只难等译）中的偈子，后来为《指月录》中引用。诸法之本体，本来无自性而不可得，但凡夫有情之烦恼执着的，譬如色、声、香、味、触、法等妄尘，是由妄心而生之境界，世人误以为实有。这些按照佛教的说法都"是妄非精进"。

译 文

"天苍苍，野茫茫，风吹草低见牛羊。"以前只知道这首《敕勒川》是北朝的民歌，但并不知道是一首从鲜卑语译成汉语的诗作。生活在朔州（山西北部）的敕勒族本为游牧民族，他们对时间和空间的感受，与在汉地定居的农耕民族是完全不同的：大草原、辽阔的天空、无际的原野、随风起伏的牧场、时隐时现的牛羊，这些将漠北的草原装点成了壮阔非凡的世界。这样的翻译，可谓是千古绝唱。

张枣与罗什

顾彬之所以看重中国诗人张枣（1962—2010）的诗歌，在很大程度上是由于张枣对汉语的精确把握：

> 将诗与政治和时势割断，使语言得以回缩。如何来理解这点呢？在当代中国，写作常常是大而无当，夸张胡来。而张枣却置身到汉语悠长的古典传统中，以简洁作为艺术之本。……我们看到的是那被克制的局部，即每个单独的词，不是可预测的词，而是看上去陌生化了的词，其陌生化效应不是随着文本的递减而消减反而是加深。①

顾彬认为，张枣诗歌用字之精到，源自他对汉学传统的继承以及他娴熟的德文："张枣爱谈及如何使德语的深沉与汉语的明丽与甜美相调和。"②这种陌生化的创造常常令我想到赞宁（919—1001）对鸠摩罗什（Kumārajīva，约344—413）的称赞："如童寿译法华，可谓折中，有天然西域之语趣矣。"（《宋高僧传》卷第三）一种读起来使人觉得具有外来语与汉语调和之美的文体。这种借助于翻译以提高母语表达力和精确度的方式，也是顾彬所推崇的。

---

① 顾彬：《综合的心智——张枣诗集〈春秋来信〉译后记》，载《诗歌月刊》2010年第7期，第10页。
② 顾彬：《综合的心智——张枣诗集〈春秋来信〉译后记》，载《诗歌月刊》2010年第7期，第10页。

他 山 之 石

常常听说"他山之石,可以攻玉",并不知道其出处。最近才知道,这两句诗出自《诗经·小雅·鹤鸣》。与之相对的是前一段的最后一句:"他山之石,可以攻错。"意思是,别处山上的石头,同样可以用来磨玉。引申为,他国的贤者,可以将国家治理好。以前做汉学研究的时候,很多学者愿意引用这句话,来说明其他国家的汉学研究,对我们来讲也是有意义的。但"他山之石"的说法,基本上是一种工具论。最大的问题是,今天你我的界限已经不那么清楚了。

阅 读 的 方 式

17 世纪法国著名的数理科学家帕斯卡尔(Blaise Pascal, 1623—1662)在三百多年前曾说过:"当我们阅读太快或太慢的时候,我们就会什么也没有理解。"[1]汉学家卜松山(Karl-Heinz Pohl, 1945—)曾经讲过 1980 年代他在多伦多读研究生的时候,遇到伽达默尔(Hans-Georg Gadamer, 1900—2002)的一段逸事。当时有关文学的方法之争正在激烈进行,因此卜松山也站出来向哲学大师提问,哪种方法适用于

---

[1] 帕斯卡尔著,何兆武译:《思想录——论宗教和其他主题的思想》,北京:商务印书馆,1987 年,第 27 页。

严肃的文学研究。"在难以捉摸的微笑中,伽达默尔回答道:'慢慢阅读!'"①

两 足 书 橱

前人说,开卷有益。实际上一味地追求多读,很可能成为书呆子,读得多但并不通。希腊人将这种将阅读与愚蠢集于一身的人,称作"Sophomore",意思是聪明的愚蠢人。18世纪英国最伟大的诗人亚历山大·蒲柏(Alexander Pope, 1688—1744)将这类的人称作无知的阅读者。申居郧(1893—1976)所用的比喻更妙:"能读不能行,所谓两足书橱。"(《西岩赘语》)

学 术 的 功 用

很喜欢冯班(1602—1671)的一句话:"临大难,当大事,不可无学术。"(《钝吟杂录·家戒下》)学术的功用并非不痛不痒地装装样子。顾彬教授七十华诞的时候,我按照德国的学术传统为他出版了一本纪念文集(Festschrift)。在庆祝仪式上我讲到,除了纯粹的研究功用外,学术也应当成为侍奉生命诸阶段大事的手段。

---

① 卜松山著,向开译:《中国的美学和文学理论》,上海:华东师范大学出版社,2010年,序言第3页。

顽 石 点 头

以往读佛教史,知道晋宋间的义学高僧道生(355—434)的故事。当时由法显(334—420)在建康译出的六卷本《泥洹经》在南方已广为流布,其中说除一阐提(Icchantika)外皆有佛性(卷三、四、六)。道生仔细分析了经文的义理,认为佛陀的主张应当是"一阐提皆得成佛"。旧学大众认为他违背经说,将他摈除出僧团。道生遂入吴中的虎丘山。传说他在虎丘聚石为徒,宣讲《涅槃经》。在说到一阐提有佛性的时候,道生问道:"如我所说,契佛心否?"群石皆为点头。(《佛祖统记》卷二六、三六)如果群石点头的话,那么实际上也构成了道生与群石之间的对话。

拉丁文中也有 Saxa loquuntur(石头说话)的说法,源于《新约·路加福音》耶稣"荣入圣城"一段,耶稣说:"若是他们闭口不说,这些石头必要呼叫起来。"(《圣经·路加福音》19.40)

宋太宗淳化二年(991)贬居商州(四川宜宾西北)的王禹偁(954—1001)写下了"万壑有声含晚籁,数峰无语立斜阳"(《村行》)的诗句。这是人与自然间的一种无声的对话。人和山之间并不需要语言来交流,这样的默契也许只有李白的"相看两不厌,只有敬亭山"(《独坐敬亭山》)中有过吧。

福建晋江县南天寺有弘一(1880—1942)法师所书写的一副对联:"心到虔时佛有眼,运至亨通石能言。"看样子人与石之间确实存在一种神会心契。

古 诗 词 中 的 当 代 词 汇

由于汉字的特殊性,今天所使用的很多词汇,都是古代就已经存在了的。有些是有一定的关联的,有些完全是巧合。

微 波

唐代的薛逢(9 世纪中叶)可能没有想到,在他的名句"微波有恨终归海,明月无情却上天"(《九华观废月池》)中,"微波"一词一千多年之后,同样也用来指频率比一般的无线电波频率高的电磁波,英文叫做 Microwave。在薛逢的诗中,微波是细流的意思,是说废月池里的细流纵有千愁万恨,终将归入大海。而无情的月亮却一直高悬在天,长久放着光芒。

网 虫

沈约(441—513)的《学省愁卧》中有一句曰:"网虫垂户织,夕鸟傍檐飞。"这两句所描写的是:蜘蛛在门上织着网,傍晚的时候,鸟儿沿着屋檐下飞回。诗人愁思难遣,才会有愁卧着,观察着上述的景象。这里的网虫所指的是蜘蛛,跟今天所指的那些整天只沉迷于网络世界,大部分精力都投入在互联网虚拟事物的人,是不一样的。

万 恶 之 源

拉丁文中有"fons et origo malorum"，意思是说"万恶之源"。查《新约·提摩太前书》，具体的引文如下："贪财是万恶之根。有人贪恋钱财，就被引诱离了真道，用许多愁苦把自己刺透了。"（《圣经·提摩太前书》6.10）佛教"三毒"之一的贪，是从梵文的 rāga 或 tanhā 来的，是贪欲的意思。正是由于"贪"而不能获得，而生"嗔"，最终变为"痴"。根本对治的办法是佛教的"三学"，所谓"戒定慧"。贪欲表现在对感官的渴求，对生命延续的切望，以及对知识或思想的追求。对佛教来讲，贪婪同样是万恶之源。

《管子·内业》中有"节欲之道，万物不害"的说法，意思是如果一个人能克服欲望的话，那么各种祸害无法加害于你。反过来，如果一个人一味任情妄行的话，那就会招致无穷的祸患，所谓："嗜欲者，逐祸之马也。"（刘向[约前77—前6]《说苑·敬慎》）

柏拉图（Plato，前427—前347）将人的理性比喻成一个驾驭两匹马的人：一匹马是人正直的意志能力，另一匹马则是有时不太驯服的欲望，但依然在人的理性控制之下。（《斐德罗篇》*Phaedrus*）

古罗马最有名的诗人维吉尔（Vergil/Virgil，前 70—前 19）在他著名的《牧歌》（*Bucolica/Eclogues*）中写道："Trahit sua quemque voluptas."（*Buc.* 2，65）意思是说，每个人都受自己的欲望支配的。因此，人类在早期不约而同地发现了贪欲的问题。

汉语里则有"欲壑难填"的说法，正因为人有这么多的欲望，孔子才提出要"克己"，克制自身不正当的感情欲念。这在之后被发展为"圣贤千言万语，只是教人明天理，灭人欲"（《朱子语类》卷十二）的理学。

学 会 放 弃 便 是 获 得 自 由

已故的伊朗外交官马吉德·拉纳玛（Majid Rahnema，1924—2015）认为："在这样一个经济的社会里，个人和国家全都疯狂投身于贸易竞争，大家全都试图在贪婪和权力上超过对方，对人类内在和外在生命力的剥削和摧毁成为了家常便饭。这样的社会一贯被视为现代化的模式所在——而事实上它却是一种可悲的贫困化模式。……越来越多的人认识到，只要能使每个个体从自己的贪欲中解放出来，就能使这个地球上一切人的需求得到满足。"[1]由于人类的欲望是无限的，人类的幸福并不与财富的剧增成正比。我想，在这里佛教的智慧也许是治疗这种贪欲的一剂良药。《21世纪的十诫》作者格罗尼迈尔（Reimer Gronemeyer，1939— ）尽管没有借助于佛教的帮助，但同样也认为："欲望者居住的世界在自己制造的贪婪中面临被混乱淹没的危险。"[2]而最为理想的对策，作者认为在于"实行自我限制，由人类主动放弃要求"[3]。在这本书的最后一章，作者给未来的人类开出了"新十诫"的药方，其中最后一条为："你不应当忽略：学会放弃便是获得自由。"[4]

---

① 格罗尼迈尔著，梁晶晶、陈群译，李雪涛校：《21世纪的十诫——新时代的道德与伦理》，北京：社会科学文献出版社，2007年，第102页。

② 格罗尼迈尔著，梁晶晶、陈群译，李雪涛校：《21世纪的十诫——新时代的道德与伦理》，第229页。

③ 格罗尼迈尔著，梁晶晶、陈群译，李雪涛校：《21世纪的十诫——新时代的道德与伦理》，第230页。

④ 格罗尼迈尔著，梁晶晶、陈群译，李雪涛校：《21世纪的十诫——新时代的道德与伦理》，第243页。

命 运 垂 青 勇 敢 者

一

"Fortes fortuna adiuvat"（命运垂青勇敢者），许多罗马诗人常常引用的一句话。庄子将"勇敢"分为几种："夫水行不避蛟龙者，渔父之勇也；陆行不避兕虎者，猎夫之勇也；白刃交于前，视死若生者，烈士之勇也；知穷之有命，知通之有时，临大难而不惧者，圣人之勇也。"（《庄子·秋水》）拉丁文中的勇敢，应当是圣人之勇吧。当然，圣人之勇也是谪居者所具有的品质。

二

刘永锡（崇祯乙亥 1635 举人）的诗句"云漫漫兮白日寒，天荆地棘行路难"（《行路难》），一定是一位饱经人生忧患者发出的肺腑之言。人生道路从来就是充满着艰难险阻的，但 Forti et fideli nihil difficile（对于有勇气且忠诚的人来讲，没有什么是困难的）。

中 庸 之 道

卫礼贤（Richard Wilhelm, 1873—1930）将"中庸"翻译成"Maß und Mitte"，中文的意思是"尺度与中心"。子思发挥了孔子有关反对"过"和"不及"的"中庸"思想，提出"知其两端用其中于民"（《中庸》），并认为"中和"为天地万物的法则，成为了君子的道德修养境界。人的感情只有处于"中和"状态，才能保证本性因无情欲之蔽而发扬光大，达到"天地位"和"万物育"的极境。

古希腊的毕达哥拉斯学派（Pythagoreanism）也将现存的事物看成是"恰如其分的均衡"。亚里士多德（Aristotle，前384—前322）认为，在人的心理状态中，情感中的欲望过度就成了荒淫，不及则是禁欲，节制是适度。这是古希腊的中庸之道（mean）。古典拉丁文学时期的奥维德（Ovidius，前43—18）在《变形记》（*Metamorphoseon Libri*）中写道："In medio tutissimus ibis."（2, 137）意思是说，最安全的路是中间的路。这里所强调的也是中庸之道。

大乘佛教的中观学派（Mādhyamika）认为，一切因缘所成法依俗谛说是"有"，以第一义谛的真谛来看则万物均无自性，亦即所谓的"空"。但空不离有，有不遗空。这一远离空有二边之见的观点被称作中道观。这也是龙树（Nāgārjuna，约3世纪）"三是偈"所阐发的道理："众因缘生法，我说即是空，亦为是假名，亦是中道义。"（《中论·观四谛品》）

对于以上三种轴心文明的中庸/中道/中观思想来讲，"不偏不倚，无过不及"（朱熹《中庸章句》）的中庸之道，既被看作是方法论、宇宙观，同时也是一种道德境界。

邻 虚 vs 极 微

佛教中有一个概念 aṇu（原子），意思是物质不能再分的最小的单位（色 rūpa 的最小单位）。五、六世纪间来华的著名印度译经僧真谛（Paramārtha，499—569）将这一词译作"邻虚"：色法之最极少分，邻似虚空者，此为色法之根本。印度文化崇尚空，因此对"色法之最极少分"，从空（Śūnya）的角度来解释，当然是"邻虚"。玄奘（602？—664）将这一词翻译为"极微"，显然是从实存的角度来理解的。西方哲学的存在论（Seinslehre）也是从实存的角度出发的。因此，数字"零"的发现只能是在印度，而不是在中国或西方，是有其哲学史的渊源的。从这一个词的翻译，可以看出中印思维的不同。

愿 天 无 霜 雪

南朝著名的《子夜秋歌》中有"愿天无霜雪，梧子解千年"两句。据说这两句是当时流行长江下游的民谣。"梧子"是"吾子"的谐音。如果没有霜雪侵袭的话，那么梧桐子便可以千年常在了。长江下游属于亚热带，一年四季分明，冬季时不时会有霜雪。如果是在一年四季如夏赤道附近的热带的话，不知道类似的感情如何表达？

矮 人 看 戏 何 曾 见

以往农村看戏都是在集市上，大家都站在广场上，攒动人头，身材矮小的往往被别人挡住了。矮人看不到演出，自然也不会有什么自己的想法了，在跟别人谈论的时候，只能拾人牙慧、人云亦云。因此赵翼说："矮人看戏何曾见，都是随人说短长。"（《论诗》）当今的很多学者，外语的水平都有限，国学的根基也不见得有多深厚，但依然愿意在传媒上说三道四，毫无自知之明。其实这跟那些没有亲眼看到戏而又信口雌黄的矮子并没有区别。

《 孺 子 歌 》 与 文 本 的 开 放 性

古歌谣《孺子歌》："沧浪之水清兮，可以濯我缨。沧浪之水浊兮，可以濯我足。"对这一段歌谣，《孟子·离娄》和《楚辞·渔父》有着不同的解释。孟子在引用了这首诗后，又引用了孔子的说明："小子听之！清斯濯缨，浊斯濯足矣，自取之也。"之后是他著名的论断："夫人必自侮，然后人侮之；家必自毁，而后人毁之；国必自伐，而后人伐之。"孟子从中得出来的结论是，个人的行为是自己选择的结果，善人会受到别人的善待，而恶人则会遭致别人的轻贱。在《渔父》中，这首诗是渔父用来回答屈原的提问的："宁赴湘流，葬于江鱼之腹中。安能以皓皓之白，而蒙世俗之尘埃乎？"渔父实际上希望通过这首古歌谣，说服屈原要顺应时势，何妨随时代清而清，随时代浊而浊。这正说明了文本意义的开放性。理解总是以历史性的方式存在，并不存在所谓超越历史的永久性阐释。

觅兔角与狐狸犁地、公羊挤奶

慧能（638—713）有一段著名的谈论世间佛教的偈子："佛法在世间，不离世间觉。离世觅菩提，犹如觅兔角。"（《坛经·般若品第二》）愚人误以兔耳为角，实际上兔子是没有角的。《楞严经》上说："无则同于龟毛兔角。"不可能存在或根本做不到的事情，慧能称之为"觅兔角"。古典拉丁文学黄金时代的维吉尔（Vergil/Virgil，前70—前19）在《牧歌》（Bucolica）中将根本不存在的事比喻成：iungere vulpes, mulgere hircum（Buc. 3, 91）. 意思是说，用狐狸去犁地，给公羊挤奶，这同样表示是不可能做到的事情。

在慧能偈子的基础上，后来太虚大师（1890—1947）提出人间佛教的概念。实际上《中论》中有："涅槃与世间，无有少分别，世间与涅槃，亦无少分别。"贺拉斯（Horaz，前65—前8）——罗马传说中的英雄也认为："Quod petis, hic est."（你所寻找的东西就在这里）。如果修行者依然认为要在世间之外找到佛法的话，那跟寻找兔子角，给公羊挤出奶一样，是不可能的。

不 是 不 报 ， 时 候 未 到

拉丁文中有个说法："Mors certa, hora incerta."意思是说对每一个人来讲死亡都是确定无疑的，只是具体时刻不确定而已。明清章回小说中最常表现的观念是佛教的业力，因此"不是不报，时候未到"差不多是最常见的套话了。"业力"也被音译为"羯磨"（karma），梵文中 kar 的词根是去做（所谓"造作"）的意思，业力则泛指一切的身心活动。佛教不认为业力发生后会自动消除，过去行为延续下来势必形成某种力量，产生因果报应等，于是有前世、今世、来世等轮回思想。有部《毗奈耶》卷四十六曰："不思议业力，虽远必相牵。果报成熟时，求避终难脱。"所讲的就是"不是不报，时候未到"的道理。

敬 畏 之 心

一

子曰:"敬鬼神而远之。"(《论语·雍也》)孔子认为,对鬼神要保持一种敬畏之心,因此要保持距离("远之")。

二

《诗经·小雅·小旻》,是一首描写周幽王宠信奸佞的诗。正因为任用小人,才使得忠良、贤人一直处于极度的恐慌状态之中。对此有非常具体的描写:"战战兢兢,如临深渊,如履薄冰。"后来在《论语·泰伯篇》中,孔子曾借用《诗经》里的这三句话,来说明谨慎行事以免于祸害刑戮:"曾子有疾,召门弟子曰:'启予足!启予手!诗云:'战战兢兢,如临深渊,如履薄冰。'而今而后,吾知免夫,小子!"后来宋代理学家程颐(1033—1107)所提出的"主敬"思想,将这一思想发展成为对于生命、未知事物等的一种敬畏之心。

三

面对大文豪托尔斯泰(Лев Николаевич Толстой, 1828—1910),契诃夫(Антон Павлович

Чехов，1860—1904)说："我只害怕托尔斯泰。您想想吧，是他写出了这样的文字，说安娜感觉到，看到自己的眼睛在黑暗中放光。"蒲宁（Иван Алексеевич Бунин，1870—1953)也说："不知怎的，这位老人还是让我觉得害怕。"这种害怕，是一种高山仰止的敬畏之心。

四

现在的中国好像已经没有什么严肃、庄重的场合了。每一个人都喜欢诙谐地说笑话，幽别人一默才能显出自己的才华。电视中的各种娱乐和谈话节目莫不如此！大学的课堂上，特别受学生欢迎的教师，也一定是调笑的高手。1949年以后的中国作为无神论国家，大家已经没有了神圣的感受，后来也渐渐失去了敬畏之心。最近十几年，我发现媒体也好，读书界也好，已经没有应有的认真和庄重了。如果你看国内的谈话节目，即便是严肃的话题，主持人和嘉宾基本上是在戏谑。好像不调笑、斗嘴，就显不出他们的水平似的。在北外院里住的好处是，可以收看很多国际的节目。我觉得德国电视的谈话节目会好得多得多，每位嘉宾都会认真地谈出自己的观点。

近日读曾国藩（1811—1872）写给儿子的信《字谕纪鸿儿》，最让我感动的是他尽管官至两江总督、直隶总督、武英殿大学士，但依然秉持勤俭廉劳，修身律己的真诚态度。在给儿子的信中他写道："余服官二十年来，不敢稍染官宦气习，饮食起居，尚守寒素家风，极俭也可，略丰也可，太丰则吾不敢也。"[1]这些话非常实在，"略丰"是他可以接受的。信的最后，曾国藩写道："吾有志学为圣贤，少时欠居尽功夫，至今犹不免偶有戏言戏动。尔宜举止端庄，言不妄发。则入德之基也。"[2]的确，身居要位，但并没有丝毫的官宦习气。重要的是，这字里行间透露着他认真对待生活每一个细节的态度。审慎、严肃、认真的态度源自一种敬畏之心。人一旦失去了敬畏，剩下的便只有鄙俗、轻狂了。

---

[1] 曾国藩著，赵焕祯注：《曾国藩家书》，武汉：崇文书局，2012年，第81页。

[2] 曾国藩著，赵焕祯注：《曾国藩家书》，第81—82页。

作词与佛典汉译

张炎（1248—约 1340）特别推崇宋代张枢（1292—1348）的两句词："粉蝶儿，守定花心不去，闲了寻香两翅。"（《瑞鹤仙》）张炎认为，先人畅晓音律，每作一词，先让歌女演唱，稍有不合音律的地方，马上修改。在这两句中，"守定花心"原作"扑定花心"，感到与音律不合，于是将"扑定"改为"守定"。（张炎《词源》卷下）

这种方式很像隋唐以前佛典汉译的译场。在翻译时，译经与讲经是同步进行的。译经的过程，实际上也是讲经、讨论、答问的过程。新鲜出炉的佛经，首先朗诵给译场中几百人乃至上千人听。听众中有谁不了解，或觉得词句译得不好的，都会提出来。据说鸠摩罗什（Kumārajīva，约 344—413）的译场有三千助手，他不仅要译经，而且还要向前来听新经的僧众阐述经中的蕴奥，发挥其中的精微。

向 日 葵

两年前在阿姆斯特丹的"梵高博物馆"看到他画的向日葵（Veertien zonnebloemen in een vaas），尽管它们被放置在花瓶之中，但依然给人以律动及生命力的感受。而对于我这一代人来讲，"向日葵"有着特别的意义，因为它在特殊年代象征着我们向着"红太阳"的一片赤诚之心。不知是从什么时候开始，街道开始建向阳院，好像不久就变成了一种时髦。我刚上小学的时候，《向阳院的故事》开始上映，实实在在地觉得阶级敌人胡守礼真坏，石爷爷真好。这一段时间出生的男生有很多叫"向阳"的。

近日读到司马光（1019—1086）的两句诗："更无柳絮因风起，惟有葵花向日倾。"（《客中初夏》）不做像随风的柳絮，摇摆不定，而是要像葵花一样，对朝廷忠贞不渝。宋神宗二年（1069）王安石变法，司马光对此坚决反对。此后的十五年，司马光主持编纂了《资治通鉴》。写作此诗时，身居洛阳的司马光，表达了对皇帝的忠贞不二。

葵花古已有之，本来指葵菜，具有向阳的习性。而向日葵则是明末才从南洋传到中国的油料作物。跟中国传统的葵花比较，产于南美的向日葵植物本身更高，果实也更大。明代的王角晋写道："西番葵，茎如竹、高丈余，叶似葵而大，花托圆二、三尺，如莲房而扁，花黄色，子如萆麻子而扁。"（《群芳谱》）殊不知，向日葵原来是舶来物种。

吃亏是福

世间流传甚广的一幅郑板桥(1693—1765)的横幅是"吃亏是福",下面有他自右而左的题记:"满者损之机,亏者盈之渐,损于己则利于彼。外得人情之平,内得我心之安。既平且安,福即是矣。"告诉我们吃亏本身是福。郑板桥将隶书掺入行楷、极富节奏感的书法,极有气势。拉丁文中有"Quae nocent, docent"的说法,意思是只有通过吃亏才能得到教训。所告诉我们的是,只有吃了亏的事情才能给我们以应有的教训,所谓"吃一堑,长一智"也。

盲人摸象

儿子小学时来波恩,我们在附近的莱茵河谷公园(Freizeitpark Rheinaue)玩,那边有一处日本花园,特别漂亮。花园中特别吸引人的地方是一处"盲人摸象"的青铜雕塑。所塑的大象旁边几位摸象的人分别摸着大象的鼻子、腿、尾巴,都张着嘴迫不及待地想表明自己的观点。

对于中国人来讲,盲人摸象的故事源自昙无谶(385—433)译《大般涅槃经》卷三十二:

是故名为一切生悉有佛性。善男子,譬如有王告一大臣。汝率一象以示盲者,尔时大臣受王敕已,多集盲以象示之。时彼众盲各以手触。大臣即还而白王言："臣已示竟。"尔时大王，即唤众盲各问言："汝见象耶？"众盲各言："我已得见。"王言："象为何类？其触牙者即言象形如芦菔根，触耳者言象如箕，其触头者言象如石，其触鼻者言象如杵，其触脚者言象如木臼，其触脊言象如床，其触腹者言象如瓮，其触尾者言象如绳。"善男子，如彼众盲不说象体，亦非不说，若是众相悉非象者，离是之外更无别象。善男子，王喻如来正遍知也，臣喻方等大涅槃经，象喻佛性，盲喻一切无明众生。是诸众生闻佛说已，或作是言色是佛性。

这是为了解释一切众生皆有佛性的时候，佛陀做的一个比喻（譬喻）。盲人因触到象的不同部位，所以得到的结论也都不同：摸到象牙的人说象像萝卜，摸到耳朵的说像蒲扇，摸到鼻子的说像棍子，摸到脚的说像木臼，等等。

实际上，印度当时民间故事中除了盲人摸象的比喻之外，还有"盲人说乳"的说法。同样的《大般涅槃经》卷十四：

如生盲人不识乳色，便问他言："乳色何似？"他人答言："色白如贝。"盲人复问："是乳色者如声耶？"答言："不也。"复问："贝色为何似耶？"答言："犹稻米末。"盲人复问："乳色柔软，如稻米末耶？稻米末者，复何所似？"答言："犹如雨雪。"盲人复言："彼稻米末冷如雪耶？雪复何似?"答言:"如白鹤。"是生盲人虽闻如是四种譬喻,终不能得识乳真色。是诸外道亦复如是,终不能识乐我净。善男子,以是义故。我佛法中有真实谛非于外道。

在这里佛陀是为了讲解如何全面理解涅槃四德的常乐我净,而讲的一个小故事,谓盲人妄以一己之印象,表达对乳色之认识。

盲人摸象的故事是用来讽刺片面观察问题的方式,或者进一步来讲是观察问题不得要领。英文中有一个说法:"There is always more to a thing than meets the eye."我们所能看到的实际上只是事物的一个部分而已。因此,触类旁通、举一反三的方法是需要掌握的。

三 省 堂

在东京新干线的车站看到"三省堂"书店,感到很亲切,我上中学的时候就买过一两本三省堂出版的辞书。我很自然地读道"sān shěng táng"。站在我旁边的沈国威教授订正说是"sān xǐng táng"。细想一下,当然有道理了。《论语》中说:"曾子曰:'吾日三省吾身——为人谋而不忠乎?与朋友交而不信乎?传不习乎?'"(《学而》)人苦于不自知,儿童是在镜子面前才发现了自我。"以铜为镜,可以正衣冠;以史为镜,可以知兴替;以人为镜,可以明得失。"(《旧唐书·魏征传》)实际上,自省的目的在于了解自己。苏格拉底(Socrates,前 469—前 399)认为,一个没有检视的生命是不值得活的。("The unexamined life is not worth living.")

Sapere Aude!

1784 年，在启蒙运动如火如荼地进行之时，康德（Immauel Kant, 1724—1804)写下了那篇具有划时代意义的小文《回答这个问题：什么是启蒙?》[1]康德认为启蒙运动就是人类走出他的未成年状态。……不是因为缺乏智力，而是缺乏离开别人的引导去使用智力的决心和勇气！Sapere aude! 要敢于认识！要有勇气去运用你自己的智力！（Habe Mut, dich deines eigenen Verstandes zu bedienen!)康德的话暗示着人已经成熟，不需要再依赖于父亲式的权威生活，他鼓励人们使用科学的方法来认识自己的本质以及自然世界。康德所指出的并不是某个民族要摆脱压迫者，而是个人必须摆脱加之于自己的不成熟状态。

康德引用了古罗马诗人贺拉斯的这句话："Sapere aude!"（Horaz, Epost. 1, 2, 40f.)并且做了自己的阐释。席勒（Friedrich Schiller, 1759—1805)则作了另外的解释：勇敢地成为智者（Erkühne dich, weise zu sein)。[2]

---

[1] Immanuel Kant, *"Beantwortung der Frage: Was ist Aufklärung?"* In: *Berlinische Monatsschrift,* 1784, H. 12, S. 481—494.

[2] Friedrich Schiller, *" Über die ästhetische Erziehung des Menschen."* In: Friedrich Schiller（Hrsg.）: *Die Horen.* 6. Stück. Tübingen: Cottasche Verlagsbuchhandlung, 1795.

学 会 思 想

今天如果老师问学生读书是为了什么的话,大部分会说为了学知识。其实更重要的是要通过习得学会思想。我上小学的时候,有一次看完电影,老师问我们看电影是为了什么? 我说是为了学知识,老师说:不对,看电影是为了让你们受革命教育。

上中学的时候,有一次一个同学惊喜的跟我讲了他的发现:他看了一个解放前的片子,发现那时也有太阳。我们从小时候就被灌输"黑暗的旧社会"、"万恶的旧社会"这样的概念,到了中学依然认为旧社会的地主就是恶霸,就像是收租院中的刘文彩,《半夜鸡叫》中的周扒皮,《一块银元》中灌童养媳水银的李三刀……我们的历史课本充满了历朝历代的农民起义。有一次我跟哥哥翻看 1950 年代出版的一本《新知识辞典》,看到将孔子解释为"伟大的教育家、思想家"时,我们两人简直笑翻了,觉得那时的人真是愚蠢之至! 他们怎么就没有看出腐朽没落的孔老二的本质呢!

康德(Immanuel Kant, 1724—1804)要求,一个健全的人应当随时自由地运用自己的理性,作出自己的判断,而不为教条所束缚。阿伦特(Hannah Arendt, 1906—1975)则提出了"恶之平庸"(banality of evil),她认为极权主义的恶是跟没有思想密切相关的,只有从思想——内在的良知中才能产生抗拒恶的重要力量,才能摆脱包括极权主义在内的意识形态的谎言。

独　白　、对　谈　、鼎　谈

　　日本人对汉字的使用，常常非常精确。比如一个人独自的言语称"獨白"（どくはく），两个人相互的交谈叫"对談"（たいだん），而三个人之间的讨论被称作"鼎談"（ていだん）。张潮则用另外的方式，对类似的三种形式做了说明：如何是独乐乐？曰：鼓琴。如何是与人乐乐？曰：弈棋。如何是与众乐乐？曰：马吊。"乐乐"中，第一个乐是娱乐的方式，第二个乐是快乐的意思。而"马吊"则是古代的一种纸牌游戏。

看　山　不　是　山

　　青原行思（671—740）提出参禅的三重境界：参禅之初，看山是山，看水是水；禅有悟时，看山不是山，看水不是水；禅中彻悟，看山仍然是山，看水仍然是水。鲁迅曾经在《青年必读书》中写道："我以为要少——或者竟不——看中国书，多看外国书。"而实际上，连鲁迅的论敌陈源（陈西滢，1896—1970）都不得不承认，在当时学界古文做得好的非会稽周氏二兄弟（周树人、周作人）莫属。因此，作为过来人的鲁迅，当然可以这样说。从 19 世纪末以来，被介绍到中国来的欧洲思想家常常是反西方传统的，如伏尔泰（Voltaire, 1694—1778）、马克思（Karl Marx, 1818—1883）、尼采（Friedrich Nietzsche，1844—1900）、弗洛伊德（Sigmund Freud, 1856—1939)等等。但是大部分中国人在没有了解欧洲传统之前，就被告知这一切都是反动的。按照黑格尔辩证法正反合的理论，如果不了解正命题(These)的话，那也根本没有办法理解反命题(Anti-These)。一个多世纪以来，我们是在批判欧洲的遗产，而很少谈到继承什么。

六 艺 与 人 文 教 育

《周礼·保氏》:"养国子以道，乃教之六艺：一曰五礼，二曰六乐，三曰五射，四曰五御，五曰六书，六曰九数。"这是六艺的出处。周朝的贵族教育体系，要求学生掌握六种基本才能：礼、乐、射、御、书、数。这其中包括"德育"（礼）、"美育"（乐、书）、"技艺"（书、射、御、数）以及"身体素质训练"（射、御）。在西方，每一位上过大学的人都应当受所谓"人文教育"(liberal arts)，否则的话，一个人的性格和学问都不可能完善。张潮说："琴不可不学，能平才士之骄矜；剑不可不学，能化书生之懦怯。"我想诸如此类的学问和技能对于培养一个健全的人，都是至关重要的。

狄更斯的佛家逻辑

狄更斯(Charles John Huffam Dickens, 1812—1870)在《双城记》中对法国大革命时期的描写,[①]其中最有名的是这样一段:

那是最昌明的时世,那是最衰微的时世;那是睿智开化的岁月,那是浑沌蒙昧的岁月;那是信仰笃诚的年代,那是疑云重重的年代;那是阳光灿烂的季节,那是长夜晦暗的季节;那是欣欣向荣的春天,那是死气沉沉的冬天。[②]

人们认为这是对法国大革命时期的法国最确切的描写。不过类似的肯定两个极端的并列句在英文中并不多见。以前在波恩读比较宗教学的时候,有位教授告诉过我们,世界上有三种逻辑,可以用德文的连词表达出来:entweder ... oder ... (或者……或者……)是西方的逻辑;sowohl ... als auch ... (既……又……)是中国的逻辑;而印度的逻辑是weder ... noch ...(既不……也不……)。类似狄更斯所使用的对 A 和 $\overline{A}$ 的双向肯定(复肯定),是佛家的"四句分别"之一。即以肯定、否定、复肯定、复否定等四句来分类诸法的逻辑方式,即由一种标准(A),或二种标准(A 与 B),把诸法分类为下列四句:第一句系 A(非非 A),第二句系非 A,第三句系亦 A 亦非 A,第四句系亦非 A 亦非非 A。狄更斯所使用的显然是其中的第三句。

---

① Charles Dickens, *A Tale of Two Cities*, New York, 1859.
② 狄更斯著,张玲、张扬译:《双城记》,上海:上海译文出版社,1989 年,第 3 页。

转 法 华

读书而不为书所役使,发挥自身的主动性,非常重要。慧能说:"心迷法华转,心悟转法华。"这也是为什么孟子认为,"尽信书,则不如无书"的道理所在。尽管孟子所谓的书是特指《尚书》而言的,今天我们完全可以扩展为一般意义上的书。

读 书 止 观

明代的吴应箕(1594—1645)有著名的《读书止观录》。止观是天台修行的方法,"止"为梵语Śamatha(奢摩他,禅定),"观"为梵语 Vipaśyañā(毗婆舍那,智慧)之译。合在一起的意思是止息一切外境与妄念,而贯注于特定之对象(止),并生起正智慧以观此一对象(观)。智颉(538—597)有著名的《摩诃止观》,我上大学的时候,中华书局正好出这本书的新校订版,就迫不及待地买来看。细读吴应箕的"止观录",发现他的意思实际上是"读书观止路":观必如是而观止矣,夫观而止于是。(《引言》)

极端状态下的人类伦理道德

每次放假之前我都让学生帮我买一些日本作家东野圭吾（1958—　）的侦探小说来看，一者休息一下一个学期以来的疲惫身心，再者我确实觉得他的小说值得看。尽管这位高产作家的写作速度大大超过了我的阅读速度，但我依然觉得他是一位严肃的作家。在看似机械化程式化的写作过程中，东野会将人类的一些伦理问题放置在一些极端的状态下来处理：《我杀了他》中的神林美和子和她的兄长神林贵弘之间的超越亲情的爱；《秘密》中的杉田平介与灵魂寄居在 11 岁的女儿肉体内的"妻子"一起生活……东野圭吾正是通过这些特殊的方式让人认真去思考伦理的根本问题。极端条件下更容易凸显伦理的问题所在，在他的描写中很多是无法被宽恕的极端行为，完全冲破了各种人类本应奉行的伦理底线。东野同时也对人类未来处境表现出了担忧，《悖论 13》中世界仅有 12 个幸存者，他们之间是否还应遵守人类社会的伦理道德规范？在可能出现的大灾难面前，他对人类伦理道德进行了一些深层次的探讨。

紫 气 东 来 与 老 子 化 胡

据《列仙传》记载:"老子西游,关令尹喜望见有紫气浮关,而老子果乘青牛而过也。"后遂以"紫气东来"表示祥瑞。出自西晋末年道士王浮之手的《老子化胡经》就声称老子早在周幽王时已出关到西域化胡去了,而释迦牟尼在汉时才得道解脱:

至汉明永平七年甲子岁,星昼现西方夜。明帝梦神人长一丈六尺项有日光。旦问群臣。傅毅曰:"西方胡王太子成道佛号佛。"明帝即遣张骞等,穷河源,经三十六国至舍卫。佛已涅槃,写经六十万五千言,至永平十八年乃还。(《广弘明集》)

日本学者重松俊章(1883—1961)和大渊忍尔(1912—2003)据此认为,老子化胡说也许不是道教方面故意捏造的,而是由佛教方面提出来的,也并不无道理。也就是说,老子化胡的意义在于消解了反对佛教的论据——攘夷说。

译作的几个层面

翻译的第一要务是要人能读懂。辜鸿铭（1857—1928）在《张文襄幕府纪闻》中讲述了这样一则故事：

昔年陈立秋侍郎兰彬，出使美国，有随员徐某，夙不解西文。一日，持西报展览，颇入神。使馆译员见之，讶然曰："君何时谙识西文乎？"徐曰："我固不谙。"译员曰："君既不谙西文，阅此奚为？"徐答曰："余以为阅西文固不解，阅诸君之译文亦不解。同一不解，固不如阅西文之为愈也。"至今传为笑柄。①

翻译出来的文字，必须通顺。如果让读者完全读不懂，那么翻译的目的就没有达到。但哲学文本的迻译有的时候并不这么简单。读不懂有两种情况：一是译文的确糟糕，完全不知所云，另外也有一种情况是知识和逻辑方面的欠缺，读者可能从来没有过此类的阅读经验。我在翻译雅斯贝尔斯的著作时，有时一句德文的句子，要跟德国教授分析上一两个小时，才能确定其确切的意义。哲学句子的

---

① 辜鸿铭：《国学心得》，重庆：重庆出版社，2015 年，第 257 页。

逻辑性比较强，即便是在原文之中，也是需要一定的思辨能力才能读懂。因此，读者不要指望翻译成中文的这些哲学著作完全通俗易懂。在近千年佛典汉译的历史过程中，有关"文"、"质"的讨论实际上就是这样一个问题：如果将哲学文本按照原文的逻辑来阐述的话，中国的读者很难读懂，而如果将之稀释后变为通俗的白话的话，又失去了原来文本的深度和浓重。不过，无论如何我也不希望将雅斯贝尔斯的文本变成简化了的思想，而是想要尽量能借助于译本重现雅斯贝尔斯哲学的原貌。因此，从这个意义上来讲，读者也是需要塑造的。

"花溅泪"抑或"泪溅花"

　　唐代诗人杜甫《春望》中的两句"感时花溅泪,恨别鸟惊心",对于大部分中国人来讲都是耳熟能详的佳句,意思自然也很清楚——是"我"见到了、听到了。但对于外国汉学家来讲,并非理所当然。钱歌川(1903—1990)在论述"字句以外的含义"时,举出两个英译的例子。以英译唐诗著名的英国外交官佛来遮(William John Bainbridge Fletcher, 1871—1933)将这两句译作:

In grief for the times, a tear the flower stains.

In woe for such parting, the birds fly from thence.

　　这两句话的主语分别是"花"和"鸟"。而当代牛津大学的汉学教授霍克思(David Hawkes, 1923—2009),将这两句翻译成:

The flowers shed tears of grief for the toubled times,

And the birds seem startled, as if with the anguish of separation. [①]

---

① 转引自钱歌川:《翻译的基本知识》,长沙:湖南科学技术出版社,1981 年,第 45 页。

同样将主语搞错了。古代汉语的难点之一是经常省略句子成分。前几天跟顾彬讨论这个问题的时候，他也指出在先秦儒家的典籍中，比如"畏"常常没有固定的宾语——是"天"还是"神"？但当时的人却都知道所指的是什么，不过后人在解释的时候，经常弄不清楚。他举例说，在德文中，如果说"Er trinkt"，可以直译为"他喝"。这个意思大家都知道是"他喝酒"，而不是喝茶或一般的饮料。这样的一个句子，过了几百年或几千年后，可能也不会那么地清楚了。

存 在 哲 学 与 生 命 的 意 义

　　1980 年代的时候,存在主义(Existentialismus)在大学生中风靡一时,也是从那个时候开始,通过我的老师克鲁姆(Peter Krumme)接触到雅斯贝尔斯的哲学。雅斯贝尔斯从来不认为,自己是所谓的存在主义哲学家,他的研究对象是存在哲学(Existenzphilosophie),因为一旦成为存在主义,便是将关于现实的看法狭隘化、教条化了。从根本上来讲,雅斯贝尔斯认为,生存是个别的、绝对的、不可替代的、不可归属的,因此人的生命是不可限定的,是有着各种可能性的。前几天我买到《雅斯贝尔斯全集》中的第 21 卷(I/21: 第一部分"著作"中的第 21 卷)《大学的观念论集》。① 我想,这也是为什么雅斯贝尔斯特别重视教育的原因。

---

① Karl Jaspers, *Schriften zur Universitätsidee*. Band I/21. Basel: Schwabe Verlag, 2016.

君 子 不 器

雅斯贝尔斯认为,作为主体的人在试图认识自身时,常常将自己对象化为客体,借助科学方法来加以研究。人尽可以从生物、化学、解剖学、心理学或社会学的观点去研究自身,但作为主体的人与对象化的人不是同一的,对象化的人是被限定、被贬抑了的人,他不再具有自由,而只是被束缚和被规定的概念而已。换句话说,它已经不再具备作为主体的人的本质了。因此,人将自己对象化为客体而获得的对自身的认识,是对于一个已失去本质的非人概念的认识,而不是对于活生生的人自身的认识。雅斯贝尔斯将这种思维的基本状态称作"主客体分裂"(Subjekt-Objekt-Spaltung)。主客体分裂说明起初是一体的东西被撕裂开来了,雅斯贝尔斯想要强调的是未分裂前的根源状况。人只要试图以某种规定性,或以某些范畴来认识自身,他就已把自身当作僵化了的东西了,就已失去了认识它的意义。人是不可以被当作对象来认识的,他是作为一切对象之根据,本身并不是客体的东西。人永远也不可能对其自身做出任何绝对的规定,人是永远也无法彻底理解存在之谜的。依据雅斯贝尔斯的观点,我们不能再像以往的哲学家那样,把人看作是客观存在物了,而应当且必须把人理解为活生生的存在。如果用今天的角度出发来解释孔子所谓"君子不器"(《论语·为政》)的话,我认为可以作如是说。

作 为 附 属 物 的 人

在现代社会的管理系统中，人被纳入了各种组织和繁琐的数据之中。在管理者的面前，人不再是真正的人，而只是一堆统计数字而已。在耶路撒冷被犹太人审判的艾希曼（Adolf Eichmann, 1906—1962）就是这样的一个人物：他平庸浅薄、近乎乏味，他之所以签发处死数万犹太人的命令，在于他只会像机器一样顺从、麻木和不负责任地实施元首的"彻底解决方案"（Endlösung）。阿伦特（Hannah Arendt, 1906—1975）在《艾希曼在耶路撒冷》（*Eichmann in Jerusalem: A Report on the Banality of Evil*, New York: Viking Press, 1963）一书中认为，极权主义的政府使人成为了机器中的一个部件，逐渐使其丧失了人性。像艾希曼这样的施恶者的平庸思想和个性，彻底放弃了思考的权利，以制度的思想代替了自己的思考，更加暴露了在现代社会中极权主义的可怕。在现代官僚主义的社会中，人类的恶源自思想的缺席。

个人（自我）的失落，在当今社会中已经达到了极致。当代社会学家、神学家格罗尼迈尔（Reimer Gronemeyer, 1939—　）教授认为：人类的生活状态愈是可以制造,个体便愈觉得自己无能。原来的人与传统以及遗留下的社会组织形式融为一体,由此感受自己的幸福和痛苦。而现在神的位置被对生活状态的经营管理所取代。[①] 正是由于信息社会和数字化,"人类把自己变成了附属物"[②]。如何在现代社会的混乱局面中保持自我也是作者所要探讨的重要问题之一。

---

① 格罗尼迈尔著,梁晶晶、陈群译,李雪涛校:《21 世纪的十诫——新时代的道德与伦理》,北京:社会科学文献出版社,2007 年,第 89 页。

② 格罗尼迈尔著,梁晶晶、陈群译,李雪涛校:《21 世纪的十诫——新时代的道德与伦理》,第 225 页。

真　理

关于自己的生平,意大利文学家卡尔维诺(Italo Calvino, 1923—1985)写道:"我仍然属于和克罗齐一样的人,认为一个作者只有作品有价值,因此我不提供传记资料。我会告诉你你想知道的东西,但我从来不会告诉你真实。"[①]

理解的历史性,使得文本意义的多种理解成为了可能,文本从而开始向每一位阅读者开放,并不存在一种以往所认为的作者赋予文本的唯一的"终极意义"。对伽达默尔(Hans-Georg Gadamer, 1900—2002)来讲,作品的意义只是构成物(Gebilde),根本不是作者的本来意图,而是作品所要告诉我们的"事物本身"(Sachen selbst),事物本身是会随着不同时代和不同人的理解而不断改变。我想正是在阐释学的意义之上,才能理解卡尔维诺上述的一段话。

[①] 卡尔维诺著,黄灿然等译:《为什么读经典》,南京:译林出版社,2012 年,前勒口。

恋 爱 中 的 太 监

　　顾彬曾套用过哥伦比亚的哲学家戴维拉
(Nicolás Gómez Dávila, 1913—1994) 的一句名言
"一个没有天分的作家就像一个恋爱中的太监",认
为:"当代中国作家似乎和那些恋爱中的太监类似。
他们要写一篇好的文学作品,但短缺必要的道具,即
语言技巧。"[1]实际上,除了语言之外,顾彬更想表达
的是中国作家面对社会大变动和市场经济的吞噬时
所产生的心理躁动、焦虑和不安,而又无力从自己的
传统中寻找到诠释的那种无助。传统,特别是语言
和文化的断裂,无疑更加重了这一无助。

---

[1] 顾彬:《从语言角度看中国当代文学》,载《南京大学学报(哲学
　　人文社会科学版)》2009 年第 2 期,第 74 页。

啼 血 的 杜 鹃

相传杜鹃为古蜀王杜宇之魂所化。秦观在迁谪途中的郴州旅舍写下了著名诗句:"可堪孤馆闭春寒,杜鹃声里斜阳暮。"(《踏莎行》)本来日暮黄昏就让人心情低落,杜鹃"不如归去"似的悲啼叫声,不绝于耳,更让人内心痛苦万分。王国维对此评论说:"少游词境最为凄婉,至'可堪孤馆闭春寒,杜鹃声里斜阳暮',则变而为凄厉矣。"(《人间词话》)很有道理。

无论如何,哀鸣的杜鹃之声,都是让人不忍卒听的:"莫开帘,怕见飞花,怕听啼鹃。"(张炎《高阳台·西湖春感》)杜鹃啼血的凄惨景色,对词人张炎来讲,完全是无法忍受的。

凄厉的鹃啼,同时也最易撩人愁绪:"正销魂,又是疏烟淡月,子规声断。"(陈亮[1143—1194]《水龙吟》)

白居易《琵琶行》中则曰:"其间旦暮闻何物,杜鹃啼血鸟哀鸣。"让人感到凄怆无比。

王维在《送梓州李使君》诗中有两句写道:"万壑树参天,千山响杜鹃。"诗人给我们描绘了山中送客的壮美景色:千山万壑,参天大树前,在清晨到处响起的杜鹃声中,来访的客人要离去了。这首诗比较含蓄,没有直接写出杜鹃啼血,但却给人一种异常悲凉的感觉。

除了杜鹃之外,鹧鸪也是让人感到悲伤的鸟类。秦观在《梦扬州·晚云收》中写道:"江南远,人何处,鹧鸪啼破春愁。"辛弃疾在《菩萨蛮·书江西造口壁》中写道:"江晚正愁余,山深闻鹧鸪。"春末夏初,鹧鸪和杜鹃合鸣,气氛特别悲切。每每读到鸟之啼血,我都感到已经超出了思乡、别恨的范畴,给人更多的是一种凄壮的感受。

自我－他者

四 分 法

昨天的日历上有两句话我觉得很有意思：

"观人于忽略，观人于酒后，观人于临财，观人于临难。"这岂止是观人呢，观中国文化也是一样的。中医讲，只有在病态体征的时候，才能有比较适当的对治方法。中国文化在面对其他文化的冲击的时候，看中国知识分子是如何反应的，很能体现其自身文化的特点。

"与君子以情，与小人以貌，与平居以礼，与下人以恩。"说得非常好！实际上周围的人可以作如是区分，这样就不至于错乱了。

意 在 镢 头 边

仰山慧寂(815—891)在回答名士陆希声居士的提问时，曰："听老僧一颂：滔滔不持戒，兀兀不坐禅。酽茶三两碗，意在镢头边。"(《五灯会元》卷九)这两句偈让我想到海德格尔和他的学生伽达默尔在小木屋前锯木柴的一幅照片来。哲学家大部分深邃的哲学思想都是在这单调的日常生活中形成的。慧能曰："心念不起，名为坐。内见自性不动，名为禅。"(《妙行品》第五)正是类似于坐禅的工夫，让海德格尔构思出《存在与时间》(Sein und Zeit, 1927)中钩隐抉微的深度。

汉 恩 自 浅 胡 自 深

　　王安石（1021—1086）《明妃曲》其二中有"汉恩
自浅胡自深，人生乐在相知心"之句。王安石一反一
般的"昭君诗"的认识，真的像是在平静的水池中扔
下去了一块石头，一石激起千层浪。南宋时，范冲
"对高宗论此诗，直斥为坏人心术，无父无君"（《唐宋
诗举要》）。我想这也是从一个民族身份认同而来
的。《左传·成公四年》："史佚之《志》有之，曰：'非
我族类，其心必异。'楚虽大，非吾族也，其肯字我
乎？"王安石的说法，显然违背了当时的政治正确。
反过来，这也正是他的伟大之处，他显然已经超越了
族类的藩篱——时代的意识：人生最宝贵的是相互
知心，不用管是哪个族类。

身 份

一

以往历代的王朝更替,都有很多士人(知识分子)对自己的身份问题产生危机,常常是痛苦不堪,甚至随先王而去。这往往表现在对前朝的衷心与旧情,与在新的王朝任职之间的悔恨、自责的复杂心态。刘辰翁(1233—1297)是南宋遗民,他曾发出如是的感慨:"我已无家,君归何里,中路徘徊七宝鞭。"(《沁园春·送春》)作为前朝的遗民,他所看到的只有失国的悲哀:他手执马鞭,独自在路上彷徨。这是一个亡国者的写照。明亡后,在清廷任国子监祭酒的吴伟业(1609—1672),在崇祯年间曾任翰林院编修、左庶子等职,可谓是明朝的旧臣。尽管他恪尽职守,但内心中却不时流露出没有随崇祯的死而殉国的愧疚之心。"我本淮王旧鸡犬,不随仙去落人间"(《过淮阴有感》),是当时他的心境的最好的说明。如果说这最后两句还比较含蓄的话,那之前的两句则充分体现了他作为前朝老臣的身份:"浮生所欠只一死,尘世无由识九还。"顺治十三年(1656)底,吴伟业以奉嗣母之丧为由乞假南归,回到老家太仓,此后不复出仕。

二

上世纪80年代中期,我到北京读大学,才开始意识到自己是一个徐州人；90年代中期去德国读书，才知道自己是个中国人。人的身份认同，只有在他者的氛围之中才会出现。在徐州人堆里，很难有自己作为徐州人的身份的认同。人是由外而内地借助确定"他者"（the other）的存在，使自己更加确定了"自我"与环境的界限。古代中国将他国贬为"蛮夷"，西方经过启蒙运动和工业革命后，不断地强大起来。在这些西方国家看来，中国才是番邦。在文化研究中，有关"他者"的理论层出不穷，汉语语境中现在基本上是与欧美学术界同步。但在20世纪80、90年代，当时大陆学术界的学术话语要较西方晚一些时间。当时的译者在翻译顾彬有关"他者"的著作时，译为《关于"异"的研究》。[①]

今天好像也很少有人会有"谁念客身轻似叶，千里飘零"（刘辰《浪淘沙·疏雨洗天清》）的感慨了。当下人与土地的关系，与农耕文化时代已经完全不一样了。那种身不由己，随风飘荡的感受可能是每一个现代人都曾经受过的，转徙流离的生涯在如今已经成为了常态。因此由于在外做官或经商而郁积于胸中的客愁乡情，是当时文人抒发的重要情感之一。在这一背景下，才能理解诸如"我比杨花更飘荡，杨花只是一春忙"（石懋《绝句》）的比喻。前些天我们在北外举办了一个诗歌朗诵会，顾彬取的

---

① 顾彬讲演，曹卫东编译：《关于"异"的研究》，北京：北京大学出版社，1997年。

题目是"乡音：诗人的故乡在哪里"。德国评论家、诗
人萨托留斯(Joachim Sartorius, 1946—　)认为："顾
彬是一位有家可归的流浪者，无论在波恩、北京、耶
路撒冷或维波斯多夫，他都有一种流亡者的陌生
感。"①如今现代性使我们都变成了"有家可归的流
浪者"。

三

庾信(518—581)在《咏怀》其十一中写道："眼前
一杯酒，谁论身后名。"当时身在北方的庾信，既受到
皇帝的礼遇，又为自己身仕敌国而羞愧，深切思念着
故国乡土，因自我身份的认同危机而产生羞辱和自
责的怨愤。以前我觉得这两句诗所体现的是庾信的
洒脱、超脱的情感，今天看来更多的是一种失去身份
的无奈。

四

韦庄(约 836—约 910)在《菩萨蛮》中写下了千
古的绝唱：未老莫还乡，还乡须断肠。原因是因为，
江南有让你不忍离去的景色："春水碧雨天，画船听
雨眠"，更有让你恋恋不舍的美人："垆边人似月，皓
腕凝霜雪"，更别说中原一带有家难归呀。那就只有
叶落归根的时候，再还乡吧。

---

① 顾彬著，莫光华、贺骥、林克译：《顾彬诗选》，成都：四川文艺出
版社，2010 年，第 3 页。

五

曾进行反清活动,后避祸为僧,中年仍改儒服的屈大均(1630—1696)有"血洒春山尽作花,花残人影未还家"(《浣溪沙》)的词句。啼血的杜鹃,血洒春山后,全都变成了杜鹃花。尽管杜鹃在不停地啼叫"不如归去",但直到花瓣凋零,人犹未归。复国无望而自我的身份无法得到认同,让人感到无比沉痛。

六

作为明清之际的大思想家之一的王夫之(1619—1692),在病得要死、只剩下一缕残魂的时候,依然清楚地意识到自己的身份:"垂死病中魂一缕,迷离唯记汉家秋。"(《初度口占》六首其一)而此诗写作的顺治十八年(1661),明王朝已经灭亡了十七年!

忘 机 友

白朴（1226—约 1306）《沉醉东风·渔父》曰："虽无刎颈交，却有忘机友，点秋江白鹭沙鸥。"对于渔父来讲，我觉得实在是一件悲哀的事情，忘机友只能在白鹭、沙鸥中找到。

十几年前的一个春夏之交，我在德国留学的时候，曾在摩泽尔（Mosel）河畔一个朋友的别墅中小住过一段时间。别墅是一座四层的小楼，就矗立在河边，仅有一条窄窄的马路相隔。那时我住在最上头一层，非常安静，而厨房设在一层。有一日，我吃过早饭上楼的时候，在最上面一层的楼梯上，发现了一只苍蝇。当时因为很久没有看到此类昆虫了，我于是停下了脚步观察了一会儿。那是一只很普通，但个头不小的苍蝇。之后我用脚在它上面画了一个圈儿。本来以为它会立即飞走，但当我的脚落下的时候，却踩死了这只苍蝇。我当时是不自觉地以我在中国对苍蝇类昆虫的理解来对待这只德国苍蝇的，以为它也会条件反射地飞离危险的境地。但这只不存机心的苍蝇，做梦也没有想到，有人会伤害它。很遗憾，德国的这只苍蝇没有办法来区分它眼前是一个存有机心的中国人。

此 心 安 处 即 吾 乡

苏轼词《定风波·常羡人间琢玉郎》，所写的是挚友王定国（名巩）的歌女柔奴，在与苏东坡的应对中表现出来的才艺。柔奴随定国自岭南贬所归来，东坡对她说："广南风土，应是不好！"但柔奴回答道："此心安处，便是吾乡。"

柔奴那随遇而安、怡然自得之情，可乱楮叶。唐人白居易（772—846）亦有"无论海角与天涯，大抵心安即是家"（《种桃杏·无论海角与天涯》）的说法。而拉丁文中的"Ubi bene ibi patria"（哪里好，哪里就是祖国）的说法，实际上是罗马人"世界公民"精神的体现。

《景德传灯录》卷三记载神光与初祖达摩的公案：

光曰："我心未宁，乞师与安。"师曰："将心来与汝安。"曰："觅心了不可得。"师曰"我与汝安心竟。"

这样的公案，实际上柔奴早已参透。

而在西方对待这个问题，则是通过对神的信仰来解决的。奥古斯丁（Aurelius Augustinus，354—430）说："人心直到在你（神）那里才得到了安宁，不然会不安的。"（Restless is our heart till it finds rest in You (God).）

庖丁解牛与主客体对立的消失

以前读《庄子》"庖丁解牛"的时候，真觉得如果掌握了中虚之道的话，随顺自然之理，那么在世间真的会是游刃有余了。雅斯贝尔斯（Karl Jaspers, 1883—1969）认为，笛卡尔（René Descartes, 1596—1650）以来欧洲哲学最大的问题是主客体的分裂（Subjekt-Objekt-Spaltung），而庖丁经过三年的练习，开始意识到"未尝见全牛也"。此时的牛对庖丁来讲，已经不再是客体了，从而也解构掉了传统意义上的主客体的关系。这是庖丁之所以感到游刃有余的哲学道理。

一日更裘葛

2010年12月我去新加坡开会，当时的北京已经是零下十几度的严寒，可谓是天寒地冻。离开北京的时候我下身穿着三保暖的棉毛裤，上身穿着羊绒衫，外面套着厚厚的羽绒衣。在飞机上看见穿着短袖的新航的空服人员，着实让我诧异了一番。飞机抵达了新加坡机场后，尽管机场到处都有空调，但依然能感受得到盛夏的湿热。我赶紧到厕所换上了夏装。新加坡是华人、马来人、印度人杂居之地，有很多有意思的去处。其后几日的新加坡感受是："一日

更裘葛,三家杂汉夷。"(吴国伦[1524—1593]《高州杂咏》)

一 览 天 下 小

当人们最初去接近一种异域文化的时候,往往只能按照自己文化的传统来,理解他者的一切。佛教的"格义"就是这样产生的。最初走出国门的士大夫阶层,在海外所遇到的新鲜事儿,也都以他们习惯的思维定式来加以选择、解读。康有为在登科隆著名的大教堂后,写有《佉伦观塔》一文。黄遵宪登巴黎埃菲尔铁塔之后,则发出了"一览天下小,五洲如在掌"(《登巴黎铁塔》)的感慨。这里,黄遵宪的出处显然是"登东山而小鲁,登泰山而小天下"(《孟子·尽心上》)以及"会当凌绝顶,一览众山小"(杜甫《望岳》)了。

千 古 英 雄 草 莽 间

2004 年春天，我从波恩回到北京，当时踌躇满志。十年后离开了让我愤懑不已的某研究中心，创办了全球史研究院。2015 年 10 月份我生日时，我说：知天命之年，人应当知道自己不能做什么了。全球史给人以无限时空的胸怀与视野，让你觉得人世间的纷争真的没有任何意义："一时人物风尘外，千古英雄草莽间。"（萨都剌《台山怀古》）更何况无名的吾辈！在心灰意懒的几年中，我得益于西塞罗的一句话："Accipere quam facere iniuriam praestat."（Cicero, *Tusculanae* 56）意思是，忍受不义比实施它要好。

2015 年秋天，在杜塞尔多夫的时候，腊碧士教授陪我到老城吃饭，之后我们一起在莱茵河畔散步。在杜塞尔河（Düssel）入莱茵河的入口处，正好是莱茵河的拐弯处，腊碧士教授指着表面平静实际上暗流汹涌的湍急的莱茵河水，告诉我，类似的地方一定要小心，即便是游泳老将也会低估其中的危险。当时就想到了刘禹锡（772—842）的诗句："长恨人心不如水，等闲平地起波澜。"（《竹枝词》）我信奉的是拉丁文中的一句话："Aut inveniam viam aut faciam."（如果找不到一条路的话，我就开辟一条来！）

从存在哲学来理解中国经典

一

我从来不相信中国的文化是什么神秘主义的文化。以前在德国留学时发现，书店中与中国相关的书，都被分在了"Esoterik"（神秘文化）类中：《老子》《庄子》的译本旁边放着各类文身的图册，总给人不伦不类的感觉。我也特别讨厌中国人对西方人讲：中国文化太神秘了，你们不会懂得的。如果找出《道德经》的第一句话"道可道，非常道"，神秘主义者们一定会说，这个"道"太神秘了，它一直在变，外国人不会明白的。但如果我们用存在哲学（Existenzphilosophie）来分析"道"的三个层面的话，会知道其中并没有什么神秘的。第一个"道"是"存在物"（das Seiende），因为它"可道"——可以用某种方式予以展示，因此第二个"道"就成了"认知/展示的方式"（Pfad）。只有"常道"，才是"存在"（Sein）本身。而这是没有办法通过主客体的认识，予以认识的。

二

胜日寻芳泗水滨，无边光景一时新。等闲识得东风面，万紫千红总是春。

——朱熹《春日》

朱熹（1130—1200）的这首脍炙人口的小诗，历史上一再有人做他解，这正说明了文本意义的开放性。如果我们从存在哲学出发，也可以为之作一种哲学的阐释。在诗中，哲学家仅仅借助于春游来表达他的哲学见解：所谓"寻芳"当然是"求道"了，也就是求"存在"（Sein）本身。"芳"字用得非常好，因为不可以将"存在"理解为有限的存在物！并且"芳"是无法作为客体而被主体的人寻找到的，因为存在不在主客体分裂（Subjekt-Objekt-Spaltung）状态之中，故而它是不可认识的。尽管如此，朱熹认为，我们依然可以通过借助东风而看到的万紫千红的存在物（das Seiende）而得以澄明（erhellen）它。万紫千红的景象是达到寻访的途径！对"道"进行哲学思考意味着进入存在本身之中，而这只能间接地进行，因为一旦我们谈及它，它就会成为我们思维的对象物。我们只好借助于万紫千红的景象——对对象物的思维，来获得对"道"的非客体的提示。

不 知 身 是 未 归 人

明代的诗人王越（1426—1499）常年在外做官，自然常常以主人的身份迎来送往了。在这样的过程中，他经常忘记了自己也是客居在外的身份："自笑年来常送客，不知身是未归人。"（《与李布政彦硕冯金宪景阳对饮》）我在德国留学的时候，遇到过几次排外的事件。我往往会跟我的德国同事、同学们、熟人们讲，每个人都是外国人、外地人，只是看你所处的地方罢了。不过，农业文明时代，人与土地有着另外一层关系，当然会更看重家乡和自己的身份了。

跑 步 、坐 禅 、念 佛 及 其 他

在杜塞尔多夫工作的时候,跟我的同事 Björn 谈到跑步时,他说这是欧洲人的坐禅。因为这差不多是最简单、最单调的行为了。亚里士多德认为,正是我们不断反复做的事情,造就了我们。对于东亚人来讲,再没有比坐禅更简单的行为了,很多人一生中三分之一的时间都在坐着。正是类似于坐禅、跑步这样最为平淡的行动,往往产生出创造性的思想。身体在执行做过成千上万遍的、已经完全不需要动脑筋就能顺利完成的动作的时候,常常会突发奇想。许多高级的思维活动,都是以机械式学习为基础的,创造力之所以被释放,是因为思维变得更自由了。要学会在日复一日的单调和枯燥的背后,去发现巨大的力量。我的很多想法都是在跑步的时候构思出来的。张潮说:"日间多静坐,则夜梦不惊;一月多静坐,则文思便逸。"(《幽梦影》)《敕修百丈清规》卷五"坐禅仪"条,谓坐禅应息心静虑,节制饮食,于闲静处结跏趺坐,或半结跏,以左掌置于右掌上,二大拇指相拄,正身端坐,使耳与肩、鼻与脐相对,舌抵上腭,唇齿相着,两目微微张开。这是坐禅的要领,也是创造性思维的基础!

"他者"的确立

一

法国心理学家拉康（Jacques Lacan, 1901—1981）的"镜阶理论"（le stade du miroir, das Spiegelstadium)认为，婴儿在第一次照镜子的时候才发现，镜子里的人是一个有别于自身的"他者"（the other)。人类借助于"他者"的存在，从而使自己更加确定了自我及其周围环境的界限，这是人类在宇宙之中自我定位、自我认识的最初方法。同样，正是通过东方，西方认识到自己和周围世界之间存在着两个客体之间的分离，而不是整体的结合。因此，西方从东方脱离出来，成为了与东方相对立的一个存在。这正是苏轼在《题西林寺壁》中所言："不识庐山真面目，只缘身在此山中。"

二

近日读刘禹锡（772—842）的诗《赠日本僧智藏》："浮杯万里过沧溟，遍礼名山适性灵。深夜降龙潭水黑，新秋放鹤野田青。身无彼我那怀土，心会真如不读经。为问中华学道者，几人雄猛得宁馨。"其中的最后一句，明显可以看到在智藏面前，刘禹锡凸显出了作为中国人的自我身份认同。这同样也是我自己身份认同的经验。

局 内 人 、局 外 人

美国语言学家派克（Kenneth Pike，1912—2000）提出
emic（属内）和 etic（属外）的观点，除了在语言学领域广泛应
用之外，也在民族学、社会学、宗教学等领域影响甚广。拿比
较宗教学为例，如果仅仅从每一种宗教（基督教、伊斯兰教、
佛教、道教、萨满教等等）出发的话（属内），很难跟另外的宗
教建立对话的关系。这一点利玛窦（Matteo Ricci，1552—
1610）与华严宗雪浪洪恩（1545—1608）之间的对话，即是双
方都是从属内出发，因此根本没有办法形成真正的对话。宗
教对话产生的基本前提是承认对方的价值及独立性。而属
内的观点会将自己的宗教凌驾于对方之上，相信唯有自己所
信仰的宗教才拥有真理和绝对的权威。而从属外对每一种
宗教进行研究，比较宗教学才能得以真正建立起来。

历史学家柯文（Paul A. Cohen，1934—　）将研究中国历
史的非华裔学者称作"局外人"：主要从书本上了解那种文
化，或者通过成年以后在那个社会中短暂生活一段时间来了
解那种文化；而所谓的"局内人"则是在这个社会中生活和受
教育的人，这些人往往从小就被灌输了这些知识，作为文化培
养的一部分。① 这也是有人不断强调身份对研究对象的作
用，并且区分"汉学"（海外汉学家对中国文化、历史、哲学的
研究）和"国学"（"局内人"对中国文化的研究）的根本原因。

---

① 柯文著，杜继东译：《历史三调：作为事件、经历和神话的义和
团》，北京：社会科学文献出版社，2014 年，"中文再版序"，第
X—XI 页。

年 轻 的 现 代 汉 语

中国自 1919 年五四运动之后才正式开始使用现代汉语。也就是说，现代汉语作为一种文学语言至今还不到 100 年的历史。拿德语来作比较，从马丁·路德（Martin Luther，1483—1546）通过翻译德文《圣经》（*Bibel*）而创立书面德语，一直到 250 年之后的歌德（Johann Wolfgang von Goethe，1749—1782）时代，德语才作为一门成熟的书面语言取代法语和拉丁语，而被广泛应用于文学创作之中。

" 旧 瓶 " 与 " 新 瓶 "

19 世纪末 20 世纪初，小屯甲骨文、敦煌、吐鲁番写经等新史料的出现，这包括了地上、地下，中国、外国经史以及一切文字资料、器物等等，确实开阔了研究者的视野。在日益国际化的学术氛围中，如果继续沿袭由治经而来的校勘、训诂、考据之学的方法论，这样的"旧瓶"已经没有办法装得下这些"新酒"了。因此"新瓶"（新理论、新方法）的引入也成为了必然。正是借着这些"新瓶"，以往的"老酒"也得以重获新的醇香。世纪初尽管有新的史料一再被发现，但绝大部分的中国传统材料毕竟是旧的。域外汉学的传入，使得当时的学者以一种外在于自身的视角来审视自己，问题意识得到了增强，当然也得出了一系列不同于中国传统的理解和解释,从而赋予了这些传统材料以新的意义。

去除"我执"

在教课中我一直强调比较的重要性,本质主义的东西根本就不存在。歌德(Johann Wolfgang von Goethe, 1749—1832)说:"如果一个人不懂得外语的话,那他就不懂得自己的语言。"(Wer fremde Sprachen nicht kennt, weiß nichts von seiner eigenen.)后来供职于牛津大学的比较宗教学学者穆勒(Max Müller, 1823—1900),顺着歌德的话说:只懂得一种(宗教)的人,其实什么宗教也不懂。(He who knows one, knows none.)因为比较宗教学要求在宗教之间进行比较,所以需要从属外进行观察,否则人就会偏执。"执"在梵文中是 Abhiniveśa,指的是由虚妄分别之心,对事物或事理固执不舍。佛教的三毒是贪、嗔、痴,这是由"我执"而来的,因为我总是执着于自身。《般若心经》里说,"观自在菩萨,行深般若波罗密多时,照见五蕴皆空"。这五蕴实际上是没有的,因此,这个"执",就被认为是虚妄的分别之心。所以本质主义者会产生"我执",认为自身的观点是唯一正确的。其实这时已经坠入了"我执"的深渊。

许 理 和 的 学 术 理 路

荷兰著名汉学家许理和(Erik Zürcher, 1928—2008),一生研究过三个方面的内容:早年研究中国佛教;中年开始研究明清之际天主教进入中国;到了晚年感兴趣的是马克思主义中国化的问题。由于我自己做中国佛教研究,上世纪 90 年代在德国留学和工作的时候,就曾读过他的名著《佛教征服中国》(*The Buddhist Conquest of China*, 1959)。[①] 后来我又读了他两卷本的专著《李九标〈口铎日抄〉——一位晚明基督徒的日志》。[②] 这部 862 页厚的巨著是作为"华裔学志"(Monumenta Serica)丛书之一种于2007 年在德国出版的。《口铎日抄》是中国改信天主教以及对这一宗教感兴趣的知识分子于崇祯三年(1630)至十三年(1640)间在中国南部省份福建,与耶稣会传教士之间的谈话记录。中国知识分子方面的主人公是李九标(约 1628 年在世),他将这些冲突

① *The Buddhist Conquest of China. The Spread and Adaptation of Buddhism in Early Medieval China.* Third Edition with a Foreword by Stephen F. Teiser (Leiden: Brill 2007). 中文版:许理和著,李四龙、裴勇等译:《佛教征服中国》,南京:江苏人民出版社,1998 年。

② *Kouduo richao. Li Jiubiao's Diary of Oral Admonitions. A Late Ming Christian Journal*, translated, with Introduction and Notes by Erik Zürcher. Monumenta Serica Monograph Series LVI, Sankt Augustin-Nettetal, 2007.

写在了日抄中。从这些第一手的资料我们可以窥见在李九标庞杂的儒学思想体系中如何找到自我身份认同的。再后来我读到他写的一些有关马克思主义中国化的文章。因此我对许理和汉学研究的理路非常好奇。有一次我就问他："你是如何将佛教、基督教和马克思主义，东汉、魏晋、明末清初和清末民初贯穿起来的，又为什么会选择这几个时代的几个面向来做研究？"他的回答很令我吃惊："我是一个汉学家，汉学家意味着特别想了解中国，中国究竟是什么？从什么角度可以更好地研究中国？我当时就想啊，如果一个人想了解、认识他的邻居的话，怎么来做好呢？当然有很多方法了：比如看这个邻居跟哪些人交往，读什么书，从事什么职业等等。后来我发现一个特别好并且很直接地认识邻居的方式：那就是观察邻居在跟别人吵架的时候是如何反应的，因为在跟别人吵架的时候，人会将自己的本性下意识地、淋漓尽致地表现出来。中国文化在面对外来文化冲击的时候是如何反应的，也就能特别表现出中国文化的特质来。"在公元后的几个世纪中，佛教进入中国，中国文明在面对来自异域的印度文明的冲击时，是如何反应的？许理和在书中选择了那些能突显中国思想史的原典：《高僧传》以及《弘明集》等护教的文献，在其中佛教信众、僧人阶层以及居士佛教徒面对来自各方的批判予以了回应。1583 年，以利玛窦（Matteo Ricci, 1552—1610）为主的耶稣会士来到中国之后,中国知识分子面对来自西方的基督教文明,又是如何反应的呢? 当时出现的《破邪集》、《圣教辟邪集》、《口铎日抄》等都能显示出中国士大夫阶层面对西方基督教文明冲击时的反应。马克思主义也是一样。所以,许理和说,自己通过中国历史上的这三个横截面——亦即中国文化在面对外来文明冲击时的反应,可以更好地了解、认识所谓的"中国性"(chinaness)是什么。许理和说:"我相信中国文化每在遇到外来冲击的时候,特别能表现出她的特质。"所以,我一直觉得海外汉学对于中国学术本身,乃至对于中国学术的重建都是非常重要的。

长 空 任 鸟 飞

唐代荆州陟岵寺和尚玄览（629—697）曾将两句诗题于竹上："大海从鱼跃，长空任鸟飞。"（《佚题》）我们可以想象，浩渺无边的大海，真的可以让鱼儿随意跳跃；空旷的长空，可以让鸟儿尽情地飞翔。跟人不同的是，不论是鸟儿还是鱼儿，都可以在三维的空间活动。因此，对于人来讲，如果心无挂碍的话，一切都可以随心所欲，尽情地进行逍遥游——达到精神上的自由。

实际上，即便是一望无际的田野，大河奔流还是觉得受到了束缚；而山岭到了潼关之后，就不懂得什么叫做平地了："河流大野犹嫌束，出入潼关不解平。"（谭嗣同《潼关》）这种气吞山河之势，也为谭嗣同（1865—1898）后来为国捐躯做好了准备。戊戌变法失败后，谭嗣同在菜市口被砍头。实际上，他从来没有希望前路是平坦的大道，一直都为艰苦斗争做好了准备。

自 身 的 幸 福

我们往往太在意别人说什么，不光是个人，也包括国家。我们的心里不是过度的自尊，就是过度的自卑，很少有正常的心态。别人的目光对我们来讲就那么重要吗？如果美国人太在乎别国的看法的话，可能早已郁闷死了。坊间到处充斥着别人对于我们看法的图书，报纸上连篇累牍地刊登着所谓的海外舆情，好像得不到别人的承认与认可，我们永远得不到幸福。我们的幸福攥在别人的手中，只能由别人说了算似的。慧能（638—713）说："心迷法华转，心悟转法华。"好像我们一直为法华所转。

深 入 到 欧 洲 文 化 之 中 的 茶

一年多以来，我跟顾彬（Wolfgang Kubin, 1945—）教授合分一间办公室。每天早晨我来到办公室的第一件事，就是给我们两人各自沏一杯酽酽的绿茶。在德国留学的时候，我在波恩的房东是奥登堡（Oldenburg）人，假期的时候我也会跟他一起到德国北部的这座小城市在他父母那边住上几天。在那里，每天都要喝上几次茶：早餐时的英式红茶，午餐后的小饮，傍晚的 Tea Time……全球化以来，茶成为了世界性的饮料，并进入了很多历史很悠久的文化之中。在英文中，不喜欢什么东西，人们会说："That's not my cup of tea."慧能（638—713）说，如人饮水，冷暖自知。自己的口味，只有自己最清楚。德文中与茶（Tee）相关的说法中有两个表达我觉得颇有意思：一是"Abwarten und Tee trinken!"意思是，耐心等待，喝杯茶吧。据说在 19 世纪上半叶的彼得麦耶尔时代（Biedermeierzeit），当时在柏林的文化沙龙中喝茶的时间比较晚，大家都要耐心等待！二是"Tee nach China tragen"，将茶运回到中国，意思是完全没有意义的事情，大有"班门弄斧"的意味。

观 人 的 智 慧

我认识北京某高校的一位主管外事的副校长，此人英语说得非常漂亮，平日人穿戴得也甚是齐整。有一次我到他办公室去，发现他挂了一幅俗不可耐的国画，并且书架上没有一本有意思的书。从此以后，我便以另外的眼光来看待这位副校长了。

张潮更妙，他说："观手中便面，足以知其人之雅俗，足以识其人之交游。"所谓"便面"是手中的扇面，就可以知道此人的品味，知道他跟什么样的人交往了。可惜，今天大部分人不再使用扇子了，但衣着打扮、平时的爱好、办公室装饰，还是可以看出一个人的格调来的。因此，张潮又说："观门径可以知品，观轩馆可以知学，观位置可以知经济，观花卉可以知旨趣，观楹联可以知吐属，观图书可以知胸次，观童仆可以知器宇。访友不待亲接言笑也。"这是"一叶知秋"的洞悉智慧。

晚餐面包和过午不食

在德国生活的中国人一定不会习惯德国人晚上的便餐：Abendbrot（直译为：晚上的面包）。我在波恩留学的时候，每次坐国航的飞机，从法兰克福落地再乘 ICE 转到波恩，常常是晚上 9—10 点钟了。回到我在哥德斯堡的"家"，知道房东 Heinz 会在冰箱里放着 Abendbrot：我会拿出切成片的黑麦面包（Roggenbrot），抹上黄油，在上面放上不同种类的奶酪、薄薄的火腿片，如果再有酸黄瓜切成片的话，就更棒了。房东知道我爱喝德国北方的耶弗尔（Jever）啤酒，他会成箱地买好，放在地窖里。这种金黄色的透明清啤酒（Pils）有很重的苦味，我尤其喜欢。托马斯·曼（Thomas Mann, 1875—1955）在 1906 年写道：

　　卑微如我者，每天在吃晚餐面包时都要喝一杯淡色啤酒，我对这一夸脱半的啤酒反应之强烈，它总是能够彻底改变我的精神状态。这让我变得安静、放松，惬意地坐在靠背椅上，此时的心情是"完成了今天的工作"，并且"哦，我晚上的时光真愉快"！①

夸脱（Quart）是一个很复杂的计量单位，好在现在有了维基百科，可以查到当时在不莱梅，1 Quart ＝ 0.94288

----

① Thea Dorn, Richard Wagner, *Die deutsche Seele*. München: Knaus, 2011. 中文版：丁娜等译：《德意志之魂》，北京：社会科学文献出版社，2015 年。此处译文直接译自德文。

Liter。也就是说，1.5 Quart 相当于 1.4 升。我想不仅仅是托马斯·曼吧，其他人如果晚饭的时候喝上一升半的啤酒，精神状态也都会改变吧。

在饮食方面，德国人好像特别容易满足。他们常常说的一句话是："Man lebt nicht, um zu essen, sondern man isst, um zu leben."（人活着不是为了吃饭，吃饭是为了活着。）这意味着人有更崇高的事业。晚餐面包成为了孤独者冥想的膳食，因为人如果吃得太饱的话，根本没有办法来思考问题了。这也是为什么佛教中有"过午不食"的原因。

上座部佛教的戒律严格禁止午后进食固态食物，中国佛教徒承认此一戒条，并解释过午不食的理由是基于午后外出的饿鬼看到和尚进食，易起嗔恨心，不利于修行。在中国寺院的情况有所不同，除了功课从早排到晚上以外，和尚们还要在田间劳作，因此大部分是要进晚餐的。但这顿餐饭一般来讲不太正式，因为午后的食物视作药石食用。目的在于，之后出家人依然可以坐禅修行。

阅 读 习 惯

前些日子弗莱堡大学的历史学家蓝哈特（Wolfgang Reinhard, 1937— ）寄来了他的新书《征服全世界：1415—2015 年间欧洲扩张的全球史》，[①]1600 多页的一册，让人很有厚重感。前些日子因为要参加一个会，我将奥斯特哈默（Jürgen Osterhammel, 1952— ）的德文版《世界的演变：19 世纪史》重新找来，[②]对照着中文版又读了一部分。德文版尽管也有 1500 多页，但依然是厚厚的一册，中文版却分为了三册。在欧洲，特别是在德国，你常常能在地铁中，在火车里，乃至在飞机上可以看到捧着厚厚一册书在读的乘客。德国人出门度假，也往往带一本这样的书来读。在中国好像很少人有这样的阅读习惯。从传统上来讲，中文的书以前是分卷的，宣纸印的大字本，一卷在手，可以躺在躺椅上细细把玩。不像西方的书，必须正襟危坐在书桌前，才能阅读。此外，我也发现，德国的书哪怕是厚厚的简装本，也不至于被掰折，也就是说，其装订的工艺允许 2000 页以内的书装订成一册。

---

① Wolfgang Reinhard, *Die Unterwerfung der Welt. Globalgeschichte der europäischen Expansion 1415—2015*. C. H. Beck, 2016.

② Jürgen Osterhammel, *Die Verwandlung der Welt. Eine Geschichte des 19. Jahrhunderts*. C. H. Beck, 2009. 中文版：奥斯特哈默著，强朝晖、刘风译《世界的演变：19 世纪史》，北京：社会科学文献出版社，2016 年。

塑 造 读 者

这些年我也参加一些有关当代艺术的讨论。传统艺术作品基本上是已经完成了的艺术品,你可以以主体者的身份去观察、审视这些作为客体的作品,告诉其他的人,这些作品美在什么地方。而当代的艺术作品大都是没有完成的,作为参观者、读者需要通过自身的参与,来帮助艺术家真正完成这部作品。此时,参观者的知识积累非常重要,如何通过此时此地所建立起来的主体间性的关系,激活自己已有的知识,从而使自己参与到一部作品的重建之中。因此,读者也好,观众也好,是需要塑造的。人们要不断提高自身的鉴赏力和判断力,这样才能在作品和"我"之间真正形成一种互动。

犯 错 误 的 权 利

多年前我翻译过顾彬的一篇文章,介绍他的汉语学习经验。文中他提到,中国著名的日耳曼学家给他写信的时候也会犯错误,让他感到高兴,是因为他由此认为我们也被允许犯错误。"十全十美会令人不快!"因此德语中才有这样的说法:

"Jeder Mensch hat seine Fehler."（人人都会犯错误！）英国诗人、启蒙思想家蒲柏（Alexander Pope，1688—1744）也说：人总是要犯错误的（To err is human）。鲁哀公在问到孔子最得意的弟子时，他回答说：颜回好学，"不迁怒，不贰过"。（《论语·雍也》）孔子认为，颜回的优秀在于不重复犯同样的过错，并非不犯错。所谓"吃一堑，长一智"（Durch Fehler wird man klug）。因此，除了神之外，没有谁不犯错的。

君 子 理 想 与 摩 西 十 诫

每次去德国,都有亲戚朋友让我带奶粉和其他一些婴儿用品。国内的朋友常常抱怨说,不知道在饭馆里吃的是不是地沟油……政府为此制订了一系列严厉的食品安全法规,但收效甚微。其原因究竟何在?

在儒家传统中尽管有过人性的善恶之辨,但基本上还是将人性定位在善良的一面。而君子的理想可以说是孔孟所要求的人类理想的上限。如果我们仔细研究《论语》、《孟子》中有关"君子"的描述,可以发现其中并没有非常明确、具体的规定。所以儒家思想给人的印象更多的是道德的说教,而一旦落到实处便显得苍白无力。这也许就是儒家思想中只有"君子"、"小人"之分,而无"罪人"的缘故吧!一般百姓的道德底线,在儒家传统中少有明确规定。只是在佛教传入中国后,中国的民众才有了可以与基督教"十诫"相提并论的"五戒"以及"诸恶莫作,诸善奉行,自净其意,是诸佛教"等个人生活中必要的准则。

而西方却将人性归于恶的一面,"原罪"说便是最好的证明。基于这一原罪,人必须要与神有约定,以便约束自己的行为。这样的一个观点在中世纪得到了理论化的阐释。经院哲学家托马斯·阿奎纳(Thomas von Aquin, 1225—1274)认为,有些习俗戒律不言自明,有些则需要智者的阐释。西奈山上的启示就是为了帮助人类克服理性上的弱点。托马斯观念的出发点是人的双重天性——他们一方面享有理性,另一方面却也由于原罪而堕落。千余年来,十诫已远远地超出了法律的力量,成为基督教文化影响民众的诛心之论。而正是由于传统儒家宗教性的缺失，致使很多中国人直到今日依然没有最起码的宗教规范——道德底线。

当然，我们也应当看到问题的另一面，儒家重视修身养性，认为伦理、道德必须由人自行主动培养，而非透过任何天国或本体论的规范而予以预先指定。也就是说，这种伦理是由君子的内省，而非依据上帝的命令来构建的。自然在东亚的历史上，儒家伦理也从未像源于中东或欧洲宗教的伦理学，陷入狂热的传教和对异教徒的迫害，它也因此远离了由于宗教冲突而血腥屠杀的越轨行为。

生 死 之 间

有 关 死 生

死生是人生的大题目。如何死，以及死在哪里？这些都是生前要考虑的内容。袁宏道（1568—1610）的诗句"算来白石清泉死，差胜儿啼女唤时"（《千尺幢至百尺峡》），真乃大丈夫气概。面对白石、清泉的山林，诗人竟然认为，便是死在这雄伟壮丽的风景中，不仅是值得的，并且胜过儿女围绕、啼唤的病榻上。他在《开先寺至黄岩寺观瀑记》中也说，"恋躯惜命，何用游山？且而与其死于床第，孰若死于一片冷石也"。（袁宏道《潇碧堂集》卷十三，崇祯二年武林佩兰居刻本）可见，对袁宏道来讲，死后他更愿意与天地合一。

作 为 临 界 状 态 的 体 验 之 一 的
谪 居

　　以往读雅斯贝尔斯的著作时,很欣赏他的哲学概念
Grenzsituationen(临界状态)。他认为人的某些状况是无法
从根本上得以改变的,例如死亡、痛苦、机遇、罪恶等等。这
样的状态是我们无法逃避或改变的境地,除了惊异和怀疑,
对临界状态的意识是哲学最深邃的根源。雅斯贝尔斯认为,
临界状态对于我们的意义在于,它或者导向虚无,或者导向
超验,进入真实的存在。

　　中国的谪居可以算作临界状态的体验之一吧。如果这
些通过科举而做官的文人士子官运亨通的话,很少会再产生
流传千古的文字了。司马迁(前145—前90)写道:"盖西伯
拘而演《周易》,仲尼厄而作《春秋》。屈原放逐,乃赋《离骚》。
左丘失明,厥有《国语》。孙子膑脚,《兵法》修列。不韦迁蜀,
世传《吕览》。韩非囚秦,《说难》、《孤愤》。《诗》三百篇,大抵
贤圣发愤之所为作也。此人皆意有所郁结,不得通其道,故
述往事,思来者。及如左丘无目,孙子断足,终不可用,退而
论书策,以舒其愤,思垂空文以自见。"(《报任安书》)班固
(32—92)也有"安则乐生,痛则思死"(《汉书·路温舒传》)的
说法。这其中的道理为杜甫一语道破:"文章憎命达,魑魅喜
人过。"(《天末怀李白》)好文章往往会憎恶命运通达者,而小
鬼们也喜欢与这样的人纠缠。文才出众者总是命途多舛,但
反过来这些也成为了哲学、文学的源泉。这也是为什么古人
常说"诗必穷而后工"的原因,这里的"穷"是"困厄"的意思。
时代遭到不幸的时候,文学家首当其冲,也正是在这个时候,

才能创造出杰出的作品来：如楚亡而出现了屈原，安史之乱成就了杜甫……"国家不幸诗家幸，语到沧桑句便工。"（赵翼《题元遗山集》）谪居之苦只有通过与往昔生活的比较，才能显现得出来。由于参与了永贞革新，柳宗元遭贬谪到了柳州。一身孤窜，投荒十几年的愤懑愁苦之情，在他送堂弟的诗中表现得淋漓尽致："一身去国六千里，万死投荒十二年。"（《别舍弟宗一》）自古以来，文人们似乎都经受过类似的不幸遭遇。北宋王禹偁（954—1001）在《听泉》中写道："平生诗句是山水，谪宦方知是胜游。"在被贬商州之时，王禹偁心情之糟，连咏春的诗句也充满着不满的情绪："何事春风容不得，和莺吹折数枝花。"（《春居杂兴》其一）这春风也忒野了些吧，竟然惊飞了黄莺，吹断了杏枝。古代的士人从高居庙堂的声威显赫到遭遇贬谪后的落魄彷徨，这一生存境遇的转换，往往成为了文学和思想产生的一大契机。在被贬失意之时，当时的心境如何？政治上倾向旧党，哲宗"新党"执政时被贬的秦观（1049—1100）曾写道："西窗下，风摇翠竹，疑是故人来。"（《满庭芳·碧水惊秋》）清风吹动翠竹，发出响声，害得被贬之人空欢喜一场。期盼"故人"之情，惟妙惟肖。然而在遭受贬谪之时，以往的朋友们都躲着唯恐不及，有谁会来访呢？这也让遭贬之人体验到了世态之炎凉。正是在这样的状态下，人才能够找到关于真实存在启示的根本冲动，也正是这些所谓的失败经验，给人带来了超越的意识。苏轼在遭到了多次的贬谪后，发出了"人生难处是安稳"（《骊山》）的感慨。

"人常想病时，则尘心便减；人常想死时，则道念自生。"（陈继儒［1558—1639］《小窗幽记》）我想，这正是"临界状态"所带给人的超越意识。

爱情的煎熬与音乐的成就

匈牙利著名的音乐家李斯特（Franz Liszt, 1811—1886）1847 年到基辅演出时，邂逅卡洛琳·楚·赛因—维特根斯坦（Carolyne zu Sayn-Wittgenstein, 1819—1887），并爱上了这位比自己小 8 岁的德裔公主。卡洛琳甘愿冒着被沙皇开除国籍、没收一切财产的危险，也要嫁给李斯特。但由于宗教的原因他们没能成婚。这样的煎熬成就了李斯特诸多的音乐篇章。相恋 39 年之后，最终李斯特在凄苦之中死于拜罗伊特，几个月后卡洛琳也病逝于罗马。

德国音乐家勃拉姆斯（Johannes Brahms, 1833—1897）爱上了钢琴家卡拉拉·舒曼（Clara Josephine Schumann, 1819—1896），他们之间相恋 43 年。克拉拉死后不到一年，勃拉姆斯也病逝。他在音乐方面的巨大成就也大都是在爱情的折磨之中产生的。

爱情的煎熬也可以算作是"临界状态"的一种体验吧。如果每日饱食终日，无所用心的话，不仅没有真正的"爱"，两位音乐大师也不可能有在音乐上的卓越成就。

佛 教 的 苦 圣 谛

佛教的苦圣谛所讲的是人类生活的不完美,因此才有各式各样的苦。只要活着,这些根本问题都是没有办法解决的。最根本的解决办法是三法印中的"涅槃寂静":这是远离烦恼、断绝相累的状态。拉丁文中也有"Nemo ante mortem beatus"的说法,意思是,去世之前,没有谁是幸福的。

同 塾 诸 郎 闻 已 尽

有一段时间顾彬很忧郁,我问他原因,他对我说,他悲伤的原因是因为他弟弟去世了。不光是弟弟去世了,他周围的许多朋友、同学也都去世了。所以他感到一种莫名的孤独。长期在外做官的钱载(1708—1793),回老家秀水(浙江嘉兴)扫墓祭祖,同样对人世沧桑感慨万千:"同塾诸郎闻已尽,比邻翁媪访应差。"(《到家作》)听说当年的老同学们一个个都离去了,去探望邻居老夫妇,他们也应该不在了吧!理性地思考一下,这些都是自然的规律,但依旧不免让人惆怅感伤。

长 生 药

《老子》五十九章有"深根固柢,长生久视之道"的说法。老子认为,培蓄能量,厚藏根基,可以充实生命力。《庄子·天下篇》曰:"不离于精,谓之神人。"《释名·释长幼》:"老而不死曰仙。"秦始皇帝为了求长生不老药,派当时的著名方士徐福,出海去神仙居住的蓬莱、方丈、瀛洲三座山采仙药,一去不返,最终也没有寻到长生不老药。不过,春秋战国时期求仙的风气就很盛,在齐威王、齐宣王、燕昭王时,便有大批齐、燕方士入海求蓬莱仙药。不过老子指出:"天地尚不能久,而况于人"(《老子》第二十三章),因此他也不认为人能够超越天地而达到长生不老。

王维(701—761)的诗句中有:"雨中山果落,灯下草虫鸣"(《秋夜独坐》),众生有生必有死当然是自然的规律。他接下来写道:"白发终难变,黄金不可成。欲知除老病,唯有学无生。"因此,违背自然规律的事情是不可能成功的。

范成大(1126—1193)更是诙谐地写道:"纵有千年铁门限,终须一个土馒头。"(《重九日行营寿之地》)人终有一死,这是没有谁能抗拒的自然法则。

在《旧约》中,死亡对于人来讲是必然。"你本是尘土,仍要归于尘土。"(《圣经·创世纪》4.4)"我们都是必死的,如同水泼在地上,不能收回。"(《圣经·

撒母耳记下》14.14)《红楼梦》中的一句曲文表达了一种超凡脱俗的生死观:"赤条条来去无牵挂"(第二十二回)。跟《旧约》中的说法比较,这句话可谓是话糙理不糙。

中世纪的欧洲有一句拉丁语的谚语说:"Contra vim mortis non est medicamen in hortis."意思是说,园子中并没有长生不老药。药只能除去人的病,人的生命最终是由神来决定的。说白了就是:"Memento mori!"(要记住你必须得死!)因此,当时的墓碑上常刻着这样的话:"Hodie mihi, cras tibi"(今天是我,明天就轮到你了)。

耶鲁大学的哲学教授卡根(Shelly Kagan, 1956—   )认为,永生并不意味着是一件好事。他说:"事实上,永生是诅咒,而非赐福。"[1]

---

[1] 卡根著,贝小戎译:《耶鲁大学公开课:死亡》,北京:北京联合出版公司,2014年,第352页。

生　死

人生常常会对死亡怀着一种莫名的恐惧。隋唐时著名的三论宗僧人吉藏(549—623)，活了 74 岁，在他所在的年代应当算是高寿了。吉藏在长安延兴寺圆寂之前，写过《死不怖论》，论述了生死的辩证关系："夫死由生来，宜畏于生，吾若不生，何由有死！见其初生，即知终死。宜应泣生，不应怖死。"死不可怕，可怕的是生，因为有生必有死。公元 64 年到达罗马的来自西班牙的铭记诗人马尔提阿里斯(Marcus Valerius Martialis，40—103/104)写道："Nascentes morimur."(我们从一出生，就注定要死的)因此，从根本上来讲，死亡并不可怕。实际上，贪生怕死是没有用的。这一点欧阳修看得很清楚："死生，天地之常理，畏者不可以苟免，贪者不可以苟得也。"(《唐华阳颂》)

卡夫卡(Franz Kafka，1883—1924)在 1922 年 1 月 24 日的日记中写道："Mein Leben ist das Zögern vor der Geburt."意思是：我的生命是出生前的犹豫。[1]

英语里说："We are here today and gone tomorrow."意思是"人生如朝露"。明代的宋缥(1522—1591)认为："生之谓来，死之谓去。往来之间，奚得奚丧！"(《古今药石·续自警编》)古罗马的历史学家和传记作家科尔涅利乌斯·涅波斯(Cornelius Nepos，前 110—前 25)说得更直接："Naturae debitum reddiderunt."(*Vitae De Regibus* 1,5)他认为，人生是还大自然的债。"他们已经还了欠大自然的债"，意思是这些人死了。

---

[1] Franz Kafka, *Tagebücher 1910—1923*, Frankfurt a. M. : Fischer Taschenbuch Verlag, 1983, S. 411.

生命的意义在于它终将结束

耶鲁大学的卡根(Shelly Kagan, 1956—   )教授讲过一门公开课《死亡》(*Death*, 2012)。在该书的第一章《思考死亡》中,他写道:"我要试着让你相信,没有什么灵魂;我要试着让你相信,永生不会是一件好事;畏惧死亡实际上不是对死亡的恰当反应;死亡并非特别神秘;自杀在某些情况下,可能既理性又合乎道德。我认为常见的对死亡的想象是相当错误的,而我的目标是,让你们也相信这一点。"[①]几年前我在杜塞尔多夫大学医学史研究所看到过那边收藏的自中世纪以来有关死亡的艺术品——版画、油画等等,常常是以一种夸张或诙谐的方式来处理死亡的主题。但卡根教授在公开课中却是要邀请读者或听众跟他一起严肃、认真地去思考死亡,"以一种大部分人从未采用过的方式去面对它、思考它"[②]。也就是说,面对死亡,人们既要有敬畏之心,同时也要有认真的态度。

---

① 卡根著,贝小戎译:《耶鲁大学公开课:死亡》,第 4 页。
② 卡根著,贝小戎译:《耶鲁大学公开课:死亡》,第 4 页。

中 国 和 德 国 的 墓 地

　　在德国生活的几年中,不论是在波恩哥德斯堡(Bad Godesberg)山上的城堡墓地(Burgfriedhof),还是在杜塞尔多夫的南城墓地(Südfriedhof),都是我散步的好去处。中国传统的坟地大都是"城外土馒头",与"在城里"的"陌草"形成一阴一阳两个世界。各式各样鬼魂的故事,将中国的坟地演绎成一个骇人听闻的禁地。古人将魂魄想象成一种能脱离人体而独立存的东西,附体则人生,离体则人死。"魂"是阳气,"魄"乃粗粝重浊的阴气。人死魂归于天,而臭皮囊则归于地下。因此,中国的墓地常常给人以阴森森的感觉。相比之下,德国的古老墓地一般都在市内教堂旁边异常安静的地方,既有古老且肃穆的松柏,也有修饰得整整齐齐的各种灌木,洋人好像并不在乎尸骨的阴气。一排排的墓碑之间的小路,常常铺满了碎石子。每当走在上面的时候都会发出沙沙的声响,你会不自觉地放慢脚步,好像怕吵醒那些在这里安眠的灵魂似的。

人类有关死亡的经验

死亡其实是人生重要的经验：生命短暂，而死亡却是永远的。几年前我曾在杜塞尔多夫大学医学史研究所参观腊碧士教授主持的项目"人类与死亡"的版画收藏时，作为医学史专家的腊碧士一再强调说，由于医疗水平的提高，人类失去了很多直接面对死亡的经验，而这在几十年前还是另外的情况。

奶奶遗像前的父亲

奶奶去世的时候，我没能在她身旁，接到父亲的电话后，我赶紧买了一张车票回到了徐州。到了车站，直接打了辆车去了奶奶家。灵棚搭在了奶奶家附近，前面已经放置了一排的花圈。我到了灵棚，看到身穿孝服的父亲。他看我回来了，就点燃了三炷香，恭恭敬敬地插在了奶奶遗像前的香炉里，泪流满面地对我说：老二，你再也见不到奶奶了。我的眼泪也夺眶而出。

父亲年轻时便入了党。我在大学期间开始对佛教感兴趣，偶尔跟父亲谈起，他还会对我进行"正面"教育，谈远大理想。但此时奶奶遗像前焚香的父亲，我觉得更真实，一切的说教，在奶奶的灵位前都显得是那么的苍白无力。瞬间，让我感到，"人道之始，莫先于孝悌"（《晋书·潘尼传》），对于中国人来讲是何等有力。

人 死 一 去 何 时 归

小姑去世了，哥哥来电话，我回徐州奔丧。小时在奶奶家长大，小姑在某种程度跟母亲一般。想起汉代乐府民歌中的挽歌："露晞明朝更复落，人死一去何时归？"（《薤露》）人死了之后，如果能像是露水一样干了之后第二天重又降落下来，该多好啊！

双 鬓 向 人 无 再 青

父母将过八十大寿，我们弟兄三人商量着如何为他们办寿宴的事情。前几天突然小姑去世了，她是我父亲的姐姐，但在她们姊妹中排行最小。我回到徐州给小姑出完殡之后，父母说一家子一起吃个饭吧，就算是给他们祝寿了。我知道，小姑的去世对他们来讲是个打击，也不再希望举行什么正式的仪式了。那天晚上就在父母居住的小区对面的一个酒家吃的饭，我坐在母亲的身旁。她因为刚做完白内障的手术，近处的东西看得格外真切。她看着我已是两鬓的华发，不住地感慨：怎么老二也一下子五十多了。我当然知道"双鬓向人无再青"（陆游《夜泊水村》）的道理。2015 年 10 月我过生日的时候，写过几首古体诗，也大都从感叹岁月不居、人生易老开始。

待踏马蹄清夜月

春节前小姑去世,我回徐州出殡。表哥、表姐是孝子、孝女,搭了灵棚,天寒地冻的日子每天轮流在那边守夜,实在不容易。他们请来了附近梆子剧团的演员,唱了几天的戏。出自唢呐的那高亢的鼓噪之声,至今不绝于耳。我在德国的时候,也参加过几次葬礼,整个的仪式非常简单,但庄严肃穆。亲朋好友离开人世,本来就是令人悲伤、难过的事情,我自己觉得葬礼最重要的是庄重、肃穆! 在后来告别的一片哭喊声,不知为什么我突然想到了李煜的两句词:"归时休放烛花红,待踏马蹄清夜月。"(《玉楼春》)人生的归途就像是尽情欣赏完了生命的飨宴之后,走在回家的路上。南唐后主不需要各种的仪仗,而是要在清月夜里欣赏踏在青石板上的马蹄声。喧嚣聒噪的一生,此时终于可以归于自然清净了。

苦圣谛

在波恩读比较宗教学的时候,我曾经做过一个有关不同宗教对神、世界和人的认知的报告,有一个学期我在做相关的研究。不论是佛教还是基督教都不认为我们所在的世界是一个终极的世界。佛教四谛(catursatya)的第一谛是苦谛(duhkha-satya),这是基于对自然环境和社会人生所做的价值判断。佛教认为，人生是要受三界生死轮回的，因此是不圆满的。有所谓三苦、四苦、八苦等不同的说法。"一切行皆苦"是佛教根本思想之一，这也为四法印之一。近日在古典拉丁时代的著名诗人奥维德（Ovidius，前43—18）的《变形记》（*Metamorphoseon Libri*）中读到"Nemo ante mortem beatus"（3，136）的说法，意思是说在死之前是没有谁会是幸福的。因此，对于人生不圆满的判断，并非仅仅是佛教做出的。

吃 饭 与 活 着

以前在德国生活的时候，有时跟德国人聊起来法国的饮食，会感到德国的饮食文化着实相形见绌。但德国人会半开玩笑说："Wir Deutschen essen, um zu leben. Die Franzosen leben, um zu essen."意思是说，德国人吃饭是为了活着，而法国人活着是为了吃饭。后来读西塞罗（Cicero，前106—前43）的时候，发现这句话原来是从《为赫伦尼乌斯辩护》（*Rhetorica ad Herennium*，约前80）中的一句话演变而来的。西塞罗的原话为："Esse oportet ut vivas, non vivere ut edas."（4，39）意思是说，人吃饭是为了活着，而活着不是为了吃饭。手段和目的不应当颠倒，但如果吃饭仅仅是为了给身体供给营养的话，那么美食也就没有意义了。这样的话，人生的意义岂不也变得更单调了呢？

人生的阶段

孔子认为："君子有三戒。少之时，血气未定，戒之在色；及其壮也，血气方刚，戒之在斗；及其老也，血气既衰，戒之在得。"(《论语·季路》)张潮说："少年处不得顺境，老年处不得逆境，中年处不得闲境。"人生各个阶段都会展现出各种不同的欲望和特点，要针对人生的不同阶段，控制和约束自己的欲望，调试好自己的心态。

何 日 赴 黄 泉 ， 与 君 共 畅 饮

1970—1971 年的冬季学期，顾彬在波鸿鲁尔大学要跟他的导师霍福民（Alfred Hoffmann, 1911—1997）教授做博士论文。霍福民给他建议的题目是写有关女诗人鱼玄机（844—868）的论文。但后来顾彬选择了他喜爱的杜牧（803—852），一直到今天都没有碰过这位薄命的女诗人。2015 年他在一本书的序中写道："如果老天真的再给我三十年岁月，在岁数方面能与哲学家皮波尔（Josef Pieper, 1904—1997）或伽达默尔（Hans-Georg Gadamer, 1900—2002）并驾齐驱的话，也许我会有一天重拾起鱼玄机的研究。但如果真是那样的话，那作为诗人的我，损失也会很大，因为我无法早日赴黄泉，与李白（701—

762)和杜甫(712—770)饮酒、赋诗了。"①

夏花之绚烂与秋叶之静美

　　2007年10月的一天,当时我还在杜塞尔多夫的时候,突然接到傅复生(Renata Fu-Sheng Franke)女士发来的致亲朋的一封信,说父亲傅吾康(Wolfgang Franke, 1912—2007)教授已于9月6日在柏林溘然长逝了。傅女士在信中写道:"我父亲漫长的一生,精彩充实,富有尊严而令人敬佩,留给我们宁静祥和的最后回忆。"我想,凡是在近年来接触过傅教授的人,对他女儿的这一说法,是应予以首肯的。当时我马上想到了泰戈尔(Rabindranath Tagore, 1861—1941)诗中的一句:"Let life be beautiful like summer flowers and death like autumn leaves." (郑振铎[1898—1958]译作:"使生如夏花之绚烂,死如秋叶之静美。"《飞鸟集》第82首)。我以为,这句诗用在傅吾康身上是再恰当不过的了。②

---

① Ulrich Bergmann u. Doris Distelmaier-Haas, *Meine Hand malt Wort*. Gedicht aus China. Schiedlberg: Bacopa Verlag, 2015. S. 6.

② 泰戈尔著,郑振铎译:《飞鸟集》,广州:花城出版社,2015年,第31页。

历 史 记 忆

断 裂 —连 续

孔庙里的进士题名碑中比较早的是元碑,最厚。明代的其次。清代的最薄。后来才知道,在朝代更替之后,中国人最爱干的事情是将上一朝的铭刻全部磨掉,重新刻上新的内容。中国历史好像常常是以否定以前为代价来强调当下自身的合法性。

我们对西方的接受也是一样,近代以来被介绍到中国来的大都是对西方持批判态度的思想家:伏尔泰、尼采、弗洛伊德、福柯(Michel Foucault, 1926—1984)等等,而实际上西方本身对自己的文化传统所强调的却是连贯性的一面。雅斯贝尔斯(Karl Jaspers, 1883—1969)的"轴心时代"(Axenzeit)理论认为,人类在公元前 800 年至公元前 200 年间,分别在不同的地区实现了从实体性思维到超验的"突破"(Durchbruch):中国先秦的"道"、古希腊的"逻各斯"(Logos)以及印度的"梵天"(Brahman)。这些实际上更多的是对传统的继承,而非传统的断裂。

现 代 大 学 的 传 统

　　2015 年到维也纳大学（Alma Mater Rudolphina Vindobonensis），看到到处是他们庆祝大学建立 650 周年的海报。据说他们的大学建于 1365 年，是现存德语地区最古老的大学。奥斯特哈默（Jürgen Osterhammel, 1952—　）却指出，现代大学作为世俗知识的生产场所是在 1800 年后与欧洲单一民族国家的兴起紧密相随产生的。"尽管当时产生的大学——其原型是 1810 年创立的柏林大学——保留了它中世纪延续下来的一些仪式和象征，但它本质上是革命时代的革命性创新。"[①]

　　同一年我也去过多次杜塞尔多夫海因里希·海涅大学（Heinrich-Heine Universität Düsseldorf），大学中也都挂满了建校 50 周年的标语。实际上，杜大的前身"杜塞尔多夫实用医学院"（Düsseldorfer Akademie für praktische Medizin），始建于 1907 年 7 月 1 日，但直到 1965 年 11 月 16 日，北莱茵-威斯特法伦州政府才决定将医学院改为"杜塞尔多夫大学"。而今天的海因里希·海涅大学的名称，一直到 1988 年 12 月 20 日才确定的。因此，50 年的历史表明大学的年富力强，有活力！

――――――――――

① 奥斯特哈默：《世界的演变：19 世纪史》，第 1462 页。

淡泊明志

为了名利奔波的现代人,静下来的时候也会思考人生的意义,特别是在日本和中国大陆的大城市中,常常有过劳死、各种现代病出现的情况下,汲取古人对待生活态度的智慧,对我们今天的人来讲无疑是很有意义的。

陆游在《鹧鸪天·家住苍烟落照间》中说:"家住苍烟落照间,丝毫尘事不相关。"人世即尘世,是万恶之源,而隐居的乡间确是一片养心养性的净土。地理位置的远离,同样预示着心理的远离。这尽管跟大乘佛教的思想相去甚远,但是却与儒道的隐居思想是相符的。

王安石的短句"青山扪虱坐,黄鸟挟书眠"最让我感动。我一直觉得这就是禅者的境界。我小时还经常能看到冬日晒太阳的老人在捉虱子,却没有挟着书卷,听着黄莺歌唱而悠然入睡者。

杨万里《闲居初夏午睡起》中曰:"日常睡起不情思,闲看儿童捉柳花。"这样的闲情逸致,对于一生做官、抗金的诗人来讲,也是难得的。

而杜甫却将自己的幽趣与对自然的咏颂结合在了一起:"水流心不竞,云在意俱迟。"(《江亭》)流水不与物竞,这是人心很难达到的境界。学了外语之后,才知道汉语有过于丰富的形容词,以至于很少能将一件事情比较客观地叙述出来。而意要如闲云一样缓缓而动的话,自然更是不容易。话又说回来了,现在在都市之中很少能见到自然的流水和白云了，对于节奏愈来愈快的都市人来讲，连个缓冲的空间都没有。所以每年我还是需要有个把月的时间到德国去，仅仅是为了将节奏放慢点而已。

淡泊是一种人生的境界，并不意味着一切都能将就。施闰章（1619—1683）《竹亭短歌赠王贻上》有句曰："丈夫名成何必万钟粟，但得绕屋扶疏万竿竹。"有意义的人生，并非万钟粟，人的品位的修得，是跟人生的境界密切相关的。

断 舍 离

当今世界物质的过于泛滥，让日本人山下英子（1954—　）提出"断舍离"三字真言的极简生活方式，实际上是不贪理念的现实版。她希望在物质生活的层面让你对 Haben（拥有、占有）有个清醒的认识。除了不去购置新的东西，将你现有不用的东西送人之外，我认为对其他的思想、信仰的执着，同样也是"为外物所累"。人的真实存在（Sein）与对外在物质的占有好像没有真的关系。

当今世界，网络上的信息资源过于庞大，人们错误地认为，这些知识只要存在，就能为我所用。其实只有将这些知识内化为自身的一部分之时，才能从内部塑造个体的精神，真正将 Haben 变为 Sein。

复 杂

儿子在杜塞尔多夫大学经济系交换一个学期,他不在家期间我将他的书整理了一下。在其中我找到了一些有意思的书,包括有关"复杂"(Complexity)的一些论述。我们以往习惯于用还原论(Reductionism)的方式将整体分解为一个个的简单部分进行研究,之后再将这些部分整合起来理解整体。美国学者梅拉妮·米歇尔(Melanie Mitchell)以蚂蚁的习性来解释复杂系统:单只行军蚁是已知的最简单的生物,而如果将 100 只行军蚁放在一个平面上,他们会不断往外绕圈直到体力耗尽死去。如果将上百万只蚂蚁放到一起的话,群体就会组成一个整体,形成具有所谓集体智能的超生物。① 复杂系统试图在解释,在不存在所谓中央控制的情况下,大量简单个体如何自行组织成能够产生模式、处理信息甚至能够进化和学习的整体。这样的一个研究,只有在交叉学科的背景下,才能够研究清楚。整体在很多情况下都大于部分之和。

美国当代的设计师唐纳德·诺曼(Donald Norman, 1935—)同样认为,复杂是世界的一部分,但它不应当令人困惑。好的设计能够帮助我们驯服复杂,不是让事物变得简单,而是去管理复杂。

---

① 米歇尔著,唐璐译:《复杂》,长沙:湖南科学技术出版社,2013年,第 4 页。

诺曼指出:"事物太简单时,也会被看做呆板和平庸的。心理学家论证出人们更喜欢中等程度的复杂:太简单我们会感到厌烦,太复杂我们会感到困惑。"①实际上,我们的世界永远不会太简单,因此,管理复杂是每一个人应当学会的。

何 谓 一 个 好 的 社 会?

有一个学期我跟我的博士生们读雅斯贝尔斯(Karl Jaspers,1883—1969)《大哲学家》(*Die großen Philosophen*,1957)中的四篇与亚洲相关的传记,其中有《老子》一章。雅斯贝尔斯解释了老子所谓的"无为"实际上是不违反"道"的前提下的"不造作"。老子以"自然无为"作为准则,认为,任何的事物都应当随顺其自身的情状而发展,而不是人为地以外界的意志去制约它。也就是说,事物本身原本具有潜在性和可能性。什么是一个理想的社会?一个平静无波的社会,没有任何激动人心的事件发生,在老子看来是符合"道"的社会,不过这一定是一个令人索然无味的社会。如果一个社会高潮迭现,每个人自顾不暇,整个社会的精英都在轰轰烈烈地处理过去的事情,这一定是一个病态的社会。

---

① 诺曼著,张磊译:《设计心理学2:如何管理复杂》,北京:中信出版社,2011年,第13页。

上 穷 碧 落 下 黄 泉

　　白居易在《长恨歌》中用"上穷碧落下黄泉,两处茫茫皆不见"来描写玄宗返回长安后,派遣道士到处寻觅杨贵妃的魂魄的情景。后来被历史学家傅斯年(1896—1950)改为:"上穷碧落下黄泉,动手动脚找东西。"认为史学就是史料学的傅斯年,的确是在地下(黄泉)找到了佐证中国古代史的殷墟甲骨文文献。傅斯年在以"中央研究院历史语言研究所筹备处"的名义申明史语所的学术理念和宗旨时指出:一、到处找新材料。二、用新方法(科学付给之工具)整理材料。"我们要科学的东方学之正统在中国!"[1]可见,傅斯年是以西方的东方学方式重建中国学术的。

---

[1] 《历史语言研究所工作之旨趣》,《国立中央研究院历史语言研究所集刊》第 1 本第 1 分,1928 年,第 10 页。

现 代 性 的 价 值 观

以前读鲁迅的《狂人日记》：

我翻开历史一查，这历史没有年代，歪歪斜斜的每页上都写着"仁义道德"几个字。我横竖睡不着，仔细看了半夜，才从字缝里看出字来，满本都写着两个字"吃人"。[①]

每次读到鲁迅诸如此类的发聋振聩的文字，都让人感到礼教的虚伪和非人性，而充满仁义道德的价值观最近又被很多"国学家"们重新奉为新时代的圭臬，总是有些不解。胡适（1891—1962）当时对古代的中国文化，也一直保持审慎的批判态度。这也是他为什么提出整理"国故"的原因，因为他认为其中有很多"国渣"。高邮南三十里有一座露筋祠，相传有一个女子曾路过此地，因不肯失节寄宿人家，竟然在野外为蚊虫咬死，筋露于外。为了表彰这一女子的贞洁，当地人建了这座祠堂。清人王士禛（1634—1711）有著名的诗句曰："行人系缆月初堕，门外野风开白莲。"（《再过露筋祠》）白莲自然是对女子纯洁品质的赞叹。程颐（1033—1107）说："问：'或

---

① 鲁迅《狂人日记》，收入王世家、止庵编：《鲁迅著译编年全集》（叁·一九一八至一九二〇），北京：人民出版社，2009 年，第 21 页。

有孤孀贫穷无托者,可再嫁否?'曰:'只是后世怕饿死,故有是说。然饿死事小,失节事大。'"(《遗书》卷二十二上)这种禁欲主义的贞洁观显然是违背现代精神的。

1829 年在印度的英殖民政府宣布废除印度教的"殉葬"(sati)制度。按照印度教的习俗,死了丈夫的寡妇要被烧死。这一制度从公元 2 世纪就开始了。当时印度教的妇女听到此,纷纷上街游行,要求还妇女以殉夫的权利,反对英殖民者对印度传统的漠视。按照《圣经》的传统,人是神按照自己的形象造出来的,所谓的"Imago Dei",因此人具有自身的尊严,是神圣不可侵犯的,人的生命也不是其他人乃至自身可以予以剥夺的。现代性产生于基督教文明的西方,其基础是基督教,因此很多基督教的价值观成为了人类共同的价值观。那种依靠某种情景而将自身传统的某些面向正当化的做法,我是非常怀疑的!

因　缘

人生是因缘,"前因相生,因也;现相助成,缘也。"(《翻译名义集》"释十二支")实际上,"因缘"一词是从梵文 hetu-pratyaya 意译而来的。按照佛教的说法,一切万有皆由因缘之聚散而生灭。因此,才有《水浒传》中的"有缘千里来相会,无缘对面不相逢"(第三十四回)的说法。

百 年 枉 作 千 年 计

汉乐府《西门行》中说："人生不满百,常怀千岁忧。"这可能是作为人的这种高级动物的最大悲剧了。元代的刘因(1249—1293)因此有"百年枉作千年计,今日不知明日事"(《玉楼春》),人生最重要的是及时行乐。实际上,真正的问题被苏轼一语道破:"人生识字忧患始"(《石苍舒醉墨堂》)。

最 愚 蠢 的 一 代

美国亚特兰大埃默里大学(Emory University)的英语教授马克·鲍尔莱因(Mark Bauerlein, 1959—)写了一本《最愚蠢的一代》。① 他认为我们目前正进入一个黑暗和无知的时代。人类延续了数千年的知识、理性的传统,也就这样终结了。剩下的只有娱乐和所谓的成功了。

---

① Mark Bauerlein, *The Dumbest Generation: How the Digital Age Stupefies Young Americans and Jeopardizes Our Future (Or, Don't Trust Anyone Under 30)*, 2008. 中文版:鲍尔莱因著,杨蕾译:《最愚蠢的一代——数码世代如何麻痹了年轻的美国人并危及着我们的未来》,天津:天津社会科学院出版社,2011 年。

附　录

附录 1：人名索引

1. 本索引以中文姓名或译为中文姓名的外国人名的首字为序排列，所有外国人名都会尽量给出原文。

2. 个别外国人名，由于习惯用名字，索引中也排在名下，而非姓下。如：托马斯·阿奎纳（Thomas von Aquin, 1225—1274），就排在"T"下。

3. 生卒年有不同说法的，仅选其中一种。

4. 人名中，不包括传说、文学作品中的人物，如阿 Q、宙斯等。

A

阿多诺（Theodor W. Adorno, 1903—1969） 115

阿恩特（Ernst Moritz Arndt, 1769—1860） 71

阿伦特（Hannah Arendt, 1906—1975） 120,202,215

埃克哈特（Meister Eckhart, 1260?—1328） 110

爱因斯坦（Albert Einstein, 1879—1955） 61,62

艾希曼（Adolf Eichmann, 1906—1962） 215

奥古斯丁（Aurelius Augustinus, 354—430） 229

奥古斯都（Augustus, 前 63—14） 88

奥斯特哈默（Jürgen Osterhammel, 1952— ） 128,249,275

奥维德（Ovidius, 前 43—18） 187,269

B

八指头陀（寄禅, 1851—1912） 2,7,11,63,69,84,122

白居易（772—846） 219,229,280

白朴（1226—约 1306） 228

班固（32—92） 257

鲍尔莱（Mark Bauerlein, 1959— ） 283

包佶（？—792） 69

鲍照（414—470） 14,20,116

毕加索（Pablo Picasso, 1881—1973） 141

般剌蜜帝（Pramiti, 唐中宗神龙元年[705]，于广州制旨道场译出《楞严经》） 53

勃拉姆斯（Johannes Brahms,

1833—1897) 259

柏拉图（Plato, 前 427—前 347）
72,121,183

伯希和（Paul Pelliot, 1878—1945) 8

卜松山（Karl-Heinz Pohl, 1945— ）
179

布德（Elmar Budde, 1935—) 85

C

曹操（155—220) 47

常建（708—765) 139,141

陈草庵（1245—约 1330) 15

陈家萧（欧凡,1937—) 52

陈克（1081—1137) 34

陈后主 → 陈叔宝

陈继儒（1558—1639) 258

陈亮（1143—1194) 219

陈叔宝（陈后主,553—604) 150

陈维崧（1625—1682) 153

陈西滢 → 陈源

陈寅恪（1890—1969) 124

陈源（陈西滢,1896—1970) 203

陈子昂（661—702) 19

陈子龙（1608—1647) 46

程颐（1033—1107) 192,281

重松俊章（1883—1961) 208

茨威格（Stefan Zweig, 1881—1942)
166

崔护（772—846) 38

D

大慧宗杲 → 普觉禅师

大渊忍尔（1912—2003) 208

达摩 → 菩提达摩

戴叔伦（约 732—约 789) 143

担当（1593—1673) 51

道潜（1043—1106) 151

道生（355—434) 181

德山宣鉴（782—865) 63

笛卡尔（René Descartes, 1596—
1650) 230

狄德罗（Denis Diderot, 1713—
1784) 42

狄更斯（Charles John Huffam
Dickens, 1812—1870) 205

第欧根尼斯（Diogenēs, 约前 412—
前 324) 96

东野圭吾（1958—) 3,4,207

窦苹（北宋仁宗时代人) 174

杜甫（712—770) 39,64,108,114,
151,211,231,257,258,271,276

杜光庭（850—933) 160

杜牧（803—约 852) 56,150,270

杜荀鹤（846—904) 138

E

恩格斯（Friedrich Engels, 1820—
1895) 30,31

F

法显（334—420) 181

法眼文益（885—958) 131

梵高（Vincent Willem van Gogh,
1853—1890) 196

范成大（1126—1193) 261

范冲（高宗绍兴年间［1131—1162］
学者) 223

范蠡（前 536—前 448) 132

范仲淹（989—1052) 47,134,
145,147

房融（武则天时的宰相) 53

冯班（1602—1671) 180

冯谖（战国时齐国孟尝君田文门下
食客) 117

冯子振（1253—1348) 57

佛来遮（William John Bainbridge
Fletcher, 1871—1933) 211

伏尔泰（Voltaire, 1694—1778)
203,274

弗洛伊德（Sigmund Freud, 1856—
1939) 30,204,274

福柯（Michel Foucault, 1926—

1984）　274

福泽谕吉(1835—1901)　93—95

傅山(1607—1684)　53

傅斯年(1896—1950)　280

G

哥白尼(Nicolaus Copernicus, 1473—1543)　92,122

歌德(Johann Wolfgang von Goethe, 1749—1832)　51,52,239,240

格罗尼迈尔(Reimer Gronemeyer, 1939—　)　127,185,215,216

龚自珍(1792—1841)　117

勾践(约前250—前465)　132

顾彬(Wolfgang Kubin, 1945—　)　6,10,28,35,41,43,45,71,86,109,112,120,123,124,164,174,178,180,212,218,225,245,250,260,270

辜鸿铭(1857—1928)　209

顾颉刚(1893—1980)　161

关汉卿(1219—1301)　49,87

郭若虚(北宋书画评论家)　27

郭象(252—312)　121,122,162

H

哈贝马斯(Jürgen Habermas, 1929—　)　168

海德格尔(Martin Heidegger, 1889—1976)　5,18,80—85,107,110,112,114,120,222

海涅(Heinrich Heine, 1797—1856)　75,275

寒山(唐代诗僧)　16

韩愈(768—824)　54,124

何景明(1483—1521)　172

贺拉斯(Horaz, 前65—前8)　190,201

贺铸(1052—1125)　117

黑格尔(Friedrich Hegel, 1770—1831)　21,204

黑塞(Hermann Hesse, 1877—1962)　8,101,102,126,131

洪亮吉(1746—1809)　14

洪谦(Tscha Hung, 1909—1992)　74

洪昇(1645—1704)　58

弘一(李叔同,1880—1942)　181

胡飞鹏　2

胡适(1891—1962)　153,281

怀特海(Alfred North Whitehead, 1861—1947)　121

黄檗(?—855)　64

黄公度(1109—1156)　146

黄溍(1277—1357)　82

黄景仁(1749—1783)　6,116

黄俊杰(1946—　)　165,166

黄庭坚(1045—1105)　21,24,100,135,145

黄宗羲(1610—1695)　54

慧晃(1656—1737)　165

慧觉 → 於潜僧

慧能(638—713)　8,63,190,206,222,245

霍福民(Alfred Hoffmann, 1911—1997)　46,270

霍克海姆(Max Horkheimer, 1895—1973)　115

霍克思(David Hawkes, 1923—2009)　211

J

吉田松阴(1830—1859)　92

吉藏(549—623)　263

纪伯伦(Kahlil Gibran, 1883—1931)　67

纪昀(1724—1805)　61

寄禅 → 八指头陀

加尔文(Jean Calvin, 1509—1564)　166,167

加加林(Yuri Gagarin, 1934—1968)　26

伽达默尔（Hans-Georg Gadamer, 1900—2002） 163,171,173,179, 217,222,270

贾岛（779—843） 10

姜夔（1154—1221） 38,79

金克木（1912—2000） 6,116,122

江盈科（1553—1605） 3

鸠摩罗什（Kumārajiva, 约344— 413） 178,195

K

卡尔维诺（Italo Calvino, 1923— 1985） 217

卡夫卡（Franz Kafka, 1883— 1924） 263

卡根（Shelly Kagan, 1956— ） 262,264

卡斯特利奥（Sebastian Castellio, 1515—1563） 166,167

康德（Immanuel Kant，1724—1804） 62,172,201,202

康有为（1858—1927） 42,93,231

科尔伯格（Lawrence Kohlberg, 1927—1987） 2

柯文（Paul A. Cohen, 1934— ） 238

克尔凯郭尔（Søren Kierkegaard, 1813—1855） 96

克拉苏（Marcus Licinius Crassus, 约前115—前53） 16

克鲁姆（Peter Krumme） 213

克罗齐（Benedetto Croce, 1866— 1952） 169,217

孔平仲（1044—1111） 140

孔尚任（1648—1718） 144

寇国宝（宋哲宗绍圣四年［1097］进士） 44

L

拉康（Jacques Lacan, 1901— 1981） 237

拉纳玛（Majid Rahnema, 1924— 2015） 185

腊碧士（Alfons Labisch, 1946— ） 108,112,125,232,266

兰楚芳（元末明初的散曲作家） 40

蓝哈特（Wolfgang Reinhard, 1937— ） 249

李白（701—762） 6,14,19,47,68, 108,114,117,120,141,148,174, 181,257,270

李觏（1009—1059） 70,136

李光地（1642—1718） 124

李贺（约790—约817） 40,143

李后主 → 李煜

李璟（916—961） 131

李九标（约1628年在世） 241

李清照（1084—1155） 12,45

李商隐（约813—约858） 132

李涉（约806年前后在世） 60

李叔同 → 弘一

李斯（约前284—前208） 25

李斯特（Franz Liszt, 1811— 1886） 259

李文潮（1957— ） 160

李晏（1123—1197） 142

李煜（李后主，937—978） 46,268

李贽（1527—1602） 175

利玛窦（Matteo Ricci, 1552—1610） 72,238,242

梁启超（1873—1929） 92

梁邱据（春秋时期齐国的大夫） 156

梁武帝 → 萧衍

林景熙（1242—1310） 154

林语堂（1895—1976） 153

林则徐（1785—1850） 173

灵彻（唐代和尚） 14

灵佑 → 沩山灵佑

柳永（约984—约1053） 14,119

柳亚子（1887—1958） 138

柳宗元（773—819） 39,258

刘敞（刘原父，1019—1068） 108

刘辰翁(1233—1297) 224

刘潜(484—550) 67

刘向(约前 77—前 6) 54,183

刘剡(宋代词人) 225

刘因(1249—1293) 283

刘永锡(崇祯乙亥 1635 举人) 186

刘禹锡(772—842) 232,237

刘原父 → 刘敞

刘长卿(约 726—约 786) 82

刘桢(186—217) 34

龙 树（Nāgārjuna，约 3 世 纪） 24,187

卢挚(1242—1314) 49

鲁迅(1881—1936) 16,61,71,73, 90,115,203,281

马丁·路德(Martin Luther, 1483— 1546) 87,98,239

陆稼书(1630—1692) 24

陆游(1125—1210) 116,267,276

吕本中(1084—1145) 150

罗 素（Bertrand Russell, 1872— 1970） 68

罗韦利（Carlo Rovelli, 1956— ） 61,62

罗哲海（Heiner Roetz, 1950— ） 121

M

马戴(799—869) 78

马尔提阿里斯（Marcus Valerius Martialis, 40—103/104） 263

马克思（Karl Marx, 1818—1883） 30,31,168,203,241,242

马柳泉 → 马卿

马卿(马柳泉,1480—1536) 48

马致远(约 1250—约 1324) 15,50

托马斯·曼(Thomas Mann, 1875— 1955) 10,43,247,248

毛泽东(1893—1976) 73,103,137

梅季(生卒年不详) 2,11,69

梅尧臣(1002—1060) 119

孟尝君 → 田文(? —前 279)

孟德斯鸠(Charles-Louis de Secondat, Baron de Montesquieu, 1689— 1755) 133

孟 浩 然 （689—740 ） 83，114, 139,174

米歇尔(Melanie Mitchell)，美国波 特兰大学计算机科学教授 278

穆 勒 （ Max Müller, 1823— 1900） 240

N

尼采（Friedrich Nietzsche, 1844— 1900） 203,274

涅波斯（Cornelius Nepos, 前 110— 前 25） 263

诺曼（Donald Norman, 1935— ）, 美国当代设计师 278,279

O

欧凡 → 陈家骕

欧阳修(1007—1072) 41,54,59, 108,119,263

P

帕斯卡尔（Blaise Pascal, 1623— 1662） 179

派克（Kenneth Pike, 1912—2000） 238

裴迪(唐代诗人) 81

彭端淑(1699—1779) 156,157

皮波尔（Josef Pieper, 1904—1997） 270

菩提达摩，Bodhidharma，约 440— 528) 11,97

蒲柏(Alexander Pope, 1688—1744) 180,251

蒲 宁 （ Иван Алексеевич Бунин, 1870—1953） 193

普觉禅师(大慧宗杲,1089—1163) 121

普林尼（Gaius Plinius Secundus, 23/24—79） 18

Q

齐澣(675—746) 13

祁承爜(1562—1628) 176

契诃夫（Антон Павлович Чехов, 1860—1904） 192

钱春绮(1921—2010) 52

钱歌川(1903—1990) 211

钱继章（明崇祯九年 1636 年的举人） 79

钱起(722?—780) 139

钱若水(960—1003) 131

钱载(1708—1793) 260

乾隆皇帝（爱新觉罗·弘历,1711—1799） 86,167

秦观(1049—1100) 46,219,258

青原行思(671—740) 203

秋瑾(1875—1907) 137,138

屈大均(1630—1696) 227

屈原(前 340—前 278) 66,189,257

R

任末（东汉学者） 83

阮步兵 → 阮籍

阮籍(210—263,曾任步兵校尉,世称阮步兵) 34

阮阅（约 1126 年在世） 10

S

萨都剌(约 1272—1355) 81,232

萨托留斯(Joachim Sartorius, 1946—) 226

塞尔维特（Miguel Servet, 1611—1553） 166

赛因-维特根斯坦（Carolyne zu Sayn-Wittgenstein, 1819—1887） 259

莎尔（Adam Sharr） 80

莎士比亚（William Shakespeare, 1564—1616） 28

山下英子(1954—) 277

善昭（无德禅师,947—1024） 59

邵伯温(1055—1134) 132

申居郧(1893—1976) 180

沈攸之(?—478) 12

沈约(441—513) 182

圣奥古斯丁（Aurelius Augustinus, 354—430） 26

施闰章(1619—1683) 277

石里克（Moritz Schlick, 1882—1936） 74

石懋（宋代词人） 225

石孝友(1166 年进士) 45

辻村公一(1922—2010) 110

舒曼（Clara Josephine Schumann, 1819—1896） 259

硕特(Heinz Schott, 1946—) 125

斯大林（Иосиф Виссарионович Сталин, 1878—1953） 73

司马光(1019—1086) 145,196

司马迁(前 145—前 90) 257

宋湘(1757—1826) 142

宋缰(1522—1591) 263

宋真宗 → 赵恒

苏格拉底(Socrates,前 469—前 399) 72,200

苏曼殊(1884—1918) 12

苏轼(1037—1101) 21,27,37,41,45,60,67,87,91,110,132,135,144,148,229,237,258,283

苏舜钦(1008—1048) 57

苏辙(1039—1112) 60,91

梭伦(Solon,前 638—前 559) 155

T

太虚大师(1890—1947) 190

泰戈尔(Rabindranath Tagore, 1861—1941) 154,271

谭嗣同(1865—1898) 244

谭献（1832—1901） 22

昙无谶（385—433） 197

唐彪（生卒年不详，字翼修，明末清
　初浙江金华人） 10

唐庚（1070—1120） 23

唐赓（生卒年不详　宋代文人） 17

唐寅（1470—1524） 88

陶弘景（456—536） 8

陶渊明（约 365—427） 175

特朗斯特罗姆（Tomas Tranströmer，
　1931—2015） 43

提布鲁斯（Tibullus，前 55—前 19）
　171

田文（孟尝君，? —前 279） 117

托尔斯泰（Лев Николаевич Толстой，
　1828—1910） 192

托马斯·阿奎纳（Thomas von Aquin，
　1225—1274） 252

W

汪藻（1079—1154） 40

王安石（1021—1086） 58，64，132，
　145，196，223，276

王德威（David Der-wei Wang，
　（1954—　　） 153

王夫之（1619—1692） 227

王观（1035—1100） 136

王国维（1877—1927） 20，119，219

王嘉（东晋学者） 83

王家新（1957—　　） 109

王角晋（明代学者） 196

王九龄（唐代诗人） 59

王九思（1468—1551） 13

王迈（1184—1248） 132

王实甫（约 1260—1336） 45

王士禛（1634—1711） 22，281

王守仁（1472—1529） 122

王维（699/701—761） 57，219，261

王锡侯（1713—1777） 167

王禹偁（954—1001） 181，258

王越（1426—1499） 235

王昭君（约前 52—约前 15） 89

韦伯（Max Weber，1864—1920）
　106，119

韦丹（唐时任容州刺史） 14

韦庄（约 836—约 910） 226

维吉尔（Vergil/Virgil，前 70—前
　19） 184，190

沩山灵佑（771—853） 8

卫礼贤（Richard Wilhelm，1873—
　1930） 101，187

温克勒（Heinrich August Winkler，
　1938—　　） 28

温庭筠（约 812—866） 6

翁卷（南宋诗人） 17，58

无德禅师 → 善昭

无门慧开（1183—1260） 111

吴国伦（1524—1593） 230

吴宓（1894—1978） 8

吴伟业（1609—1672） 224

吴应箕（1594—1645） 60，100，
　102，156，206

X

西塞罗（Cicero，前 106—前 43）
　20，57，141，232，269

席勒（Friedrich Schiller，1759—
　1805） 201

夏目漱石（1867—1916） 79

鲜于枢（1246—1302） 35

萧衍（梁武帝，464—549） 8，97

谢灵运（385—433） 148

谢朓（464—499） 47，67

辛弃疾（1140—1207） 36，114，219

玄览（唐代荆州陟岵寺和尚，629—
　697） 244

玄奘（602? —664） 117，188

熊伟（1911—1994） 85

徐继畬（1795—1873） 92

徐陵（507—583） 139

徐世昌（1855—1939） 53

徐𤊾（明代著名藏书家） 140

许理和（Erik Zürcher, 1928—2008）
241,242

薛道衡（540—609） 134

薛逢（9世纪中叶） 182

雪浪洪恩（1545—1608） 238

雪莱（Percy Bysshe Shelley, 1792—
1822） 103

Y

亚里士多德（Aristotélés, 前384—前
322） 72,100,163,187,236

雅斯贝尔斯（Karl Jaspers, 1883—
1969） 5, 18, 24, 26, 107, 110,
113,123,209,210,213,214,230,
257,274,279

严复（1854—1921） 93

颜元（1635—1704） 17,84

晏几道（1030—1106） 169

晏子（前578—前500） 156,165

杨伯峻（1909—1992） 176

杨恩寿（1835—1891） 122

杨儒宾（1956— ） 153

杨万里（1127—1206） 39,276

仰山慧寂（815—891） 222

姚燧（1238—1313） 35,50

尤袤（1127—1202） 38

于连（François Jullien, 1951— ）
126

于良史（唐代诗人） 80

余英时（Ying-shih Yu, 1930— ）
164

於潜僧（慧觉） 41

庾信（518—581） 226

鱼玄机（844—868） 270

袁宏道（1568—1610） 15,256

袁枚（1716—1798） 9,10,43,120,
131,132

袁世凯（1859—1916） 7

元稹（779—831） 37,63

约翰逊（Samuel Johnson, 1709—
1784） 42

越王勾践 → 勾践

云栖祩宏（1535—1615） 64,65

Z

查慎行（1650—1727） 18,132

赞宁（919—1001） 165,178

曾国藩（1811—1872） 133,193,194

曾青藜（清初学者） 59

张潮（1650—?） 12,21,27,38,56,
59, 108, 109, 203, 204, 236,
246,270

张翰（302年官至大司马东曹掾）
34,35

张衡（78—139） 114

张九龄（678—740） 48

张可久（约1270—1348以后） 5

张弘苑 12

张鸣善（元代散曲作家） 19

张乔（唐代诗人，约唐僖宗广明中前
后在世） 84

张枢（1292—1348） 195

张天骥（1041—?） 144

张孝祥（1132—1170） 176

张炎（1248—约1340） 195,219

张养浩（1270—1329） 13

张元幹（1091—1161） 45

张说（667—730） 136

张枣（1962—2010） 178

张璪（8世纪时的画家） 27

张之洞（1837—1909） 95

章颖（1141—1218） 132

赵恒（968—1022） 116,174

赵朴初（1907—2000） 148

赵汝镣（1172—1246） 57

赵善庆（?—1345后） 137

赵微明（唐代诗人） 48

赵嘏（?—853） 47

赵彦端（1121—1175） 44

赵翼（1727—1814） 146,189,258

真谛（Paramārtha, 499—569） 85,
155,187,188

郑文宝(953—1013) 45

郑燮(1693—1765) 80,88

智𫖮(538—597) 206

周邦彦(1056—1121) 151

周弼(1194—1255) 81

周永年(1730—1791) 124

朱敦儒(1081—1159) 58

朱淑真(约 1135—约 1180) 60

朱熹(1130—1200) 72,161,187,233,234

邹阳(约前 206—前 129) 22

佐久间象山(1811—1864) 92

左思(约 250—约 305) 81,82,106

附录2：篇名索引

1. 本索引以中文书名或译为中文的外文书名、刊物名及篇名的首字为序排列，所有外文书名都会给出原文，之后给出作者名。

2. 篇名或题名有不同说法者，仅选其一种，并不作具体说明。

3. 外文书名或篇名也统一以中文译名的形式出现，在括弧中给出外文原名。

A

《阿弥陀经》 7

《艾希曼在耶路撒冷》(*Eichmann in Jerusalem: A Report on the Banality of Evil*，阿伦特) 215

《安定城楼》(李商隐) 132

B

《八指头陀诗文集》(八指头陀) 2，11，69

《把酒问月》(李白) 6

《灞上定居》(马戴) 78

《白鹭》(唐庚) 23

《悲歌》 136

《百科全书》(*Encyclopédie*，1765) 42

《百无一用是书生》(金克木) 6

《半夜鸡叫》 202

《报任安书》(司马迁) 257

《北山》(王安石) 58，64

《悖论13》(东野圭吾) 207

《变形记》(*Metamorphoseon Libri*) 187，269

《别舍弟宗一》(柳宗元) 258

《别诗》(无名氏) 49

《般若心经》 240

《泊秦淮》(杜牧) 150

《卜算子·送鲍浩然之浙东》(王观) 136

《卜算子·修竹翠罗寒》(辛弃疾) 36

C

《蔡中郎坟》(温庭筠) 6

《长恨歌》(白居易) 280

《长门怨》(齐瀚) 13

《长生殿》(洪昇) 58

《朝中措》(欧阳修) 108

《沉醉东风·渔父》(白朴) 228

《澄迈驿通潮阁》(苏轼) 136

《敕勒川》 177

《敕修百丈清规》 236

《重九日行营寿之地》(范成大) 261

《酬张少府》(王维) 57

《初度口占·六首其一》(王夫之) 226

《初潭集》(李贽) 175

《出嘉峪关感赋》(林则徐) 173

《除夜宿石头驿》(戴叔伦) 143

《楚辞·渔父》 189

《传心法要》(黄檗) 63

《春居杂兴》(王禹偁) 258

《春情》(袁枚) 120

《春日》(汪藻) 40

《春日》(朱熹) 233

《春山夜月》(于良史) 80

《词源》(张炎) 195

《次韵王荆公题西太一宫壁·其一》(黄庭坚) 145

《村行》(王禹偁) 181

《存学篇》(颜元) 17

《存在与时间》(Sein und Zeit, 1927) 222

D

《大宝积经》 170

《大般涅槃经》 171,197,198

《大集经》 12

《大学的观念论集》(Schriften zur Universitätsidee, 雅斯贝尔斯) 213

《大哲学家》(Die grossen Philosophen, 雅斯贝尔斯) 24,26,110,123,279

《大智度论》 171

《代出自蓟北门行》(鲍照) 20

《澹生堂藏书约》(祁承㸁) 176

《道德经》 233

《到家作》(钱载) 260

《德国——一个冬天的童话》(Deutschland. Ein Wintermärchen. 1844) 75

《德意志之魂》 247

《灯下漫笔》(鲁迅) 73

《登巴黎铁塔》(康有为) 231

《登山》(李涉) 60

《钓台》(李清照) 12

《吊鉴湖秋女士》(柳亚子) 138

《蝶恋花·伫倚危楼风细细》(柳永) 119

《蝶恋花·和漱玉词》(王士禛) 22

《定风波》(苏轼) 110

《定僧》(元稹) 37,63

《东林寺酬韦丹刺史》(灵彻) 14

《东马塍》(朱淑真) 60

《东亚观念史集刊》 166

《东亚文化交流史中的"去脉络化"与"再脉络化"现象及其研究方法论问题》(黄俊杰) 166

《读渡江诸将传》(王迈) 133

《读书》 6,29,116,122,164

《读书止观录》(吴应箕) 60,100,102,156,206

《独坐敬亭山》(李白) 181

《渡荆门送别》(李白) 68

《短歌行》(曹操) 47

《钝吟杂录·家戒下》(冯班) 180

E

《尔雅·释亲》 72

《21世纪的十诫——新时代的道德与伦理》(格罗尼迈尔) 127,185,215,216

F

《法句经》(Dhammapada) 177

《翻译名义集》 282

《泛水曲》(谢朓) 66

《访华演讲词》(泰戈尔) 154

《访青崖和尚和壁间青岚学士虚亭侍读原韵》(郑燮) 80

《放鹤亭记》(苏轼) 144

《放下》(理想社,1963年) 110

《斐德罗篇》(Phaedrus) 183

《奉和简文帝山斋》(徐陵) 139

《奉赠韦丞丈二十二韵》（杜甫）
114

《佛教征服中国》（*The Buddhist Conquest of China*, 1959） 241

《佛祖历代通载》（念常） 11

《佛祖统记》（志磐） 181

《福泽谕吉自传》 94

G

《高僧传》（慧皎） 242

《高阳台·西湖春感》（张炎） 219

《高州杂咏》（吴国伦） 231

《共产党宣言》（*Manifest der Kommunistischen Partei*）（马克思、恩格斯）30,31

《古风》（李白） 117

《古今药石·续自警编》（宋缠）
263

《古诗十九首》 67,107

《古艳歌》 22

《关于"异"的研究》（顾彬） 225

《观壁卢九想图》（包佶） 69

《管子·内业》 183

《广弘明集》（道宣） 208

《归茅山》（八指头陀） 63

《癸巳除夕偶成》（黄景仁） 6

《贵州飞云洞题壁》（宋湘） 142

《过昌平望居庸关》（康有为） 42

《过淮阴有感》（吴伟业） 224

《过平舆怀李子先时在并州》（黄庭坚）
135

H

《海德格尔的小木屋》（*Heidegger's Hut*, London: The MIT Press, 2006） 80

《海德格尔是一个哲学家——我的回忆》（熊伟） 85

《海德格尔札记》（*Notizen zu Martin Heidegger*, 1978） 5

《汉书·杜邺传》 162

《汉书·路温舒传》 257

《翰林读书言怀呈集贤诸学士》（李白）
19

《好事近·摇首出红尘》（朱敦儒） 58

《鹤冲天·黄金榜上》（柳永） 15

《贺新郎》（辛弃疾） 219

《贺熊涤斋重赴琼林》 9

《红楼梦》103,261

《〈红楼梦〉评论》（王国维） 20

《红梅》（苏轼） 37

《弘明集》（僧祐） 242

《候官严氏丛刻》（严复） 93

《后庭花→玉树后庭花》 150

《华山畿五首》 50

《华子冈》（裴迪） 81

《画竹别潍县绅民》（郑燮） 88

《淮南子·说山训》 17

《浣溪沙》（屈大均）12,226

《黄鹤楼送孟浩然之广陵》（李白）
174

《黄梨洲文集》（黄宗羲） 54

《回答这个问题：什么是启蒙?》（*Beantwortung der Frage: Was ist Aufklärung?*） 201

《会老堂致语》（欧阳修） 59

J

《积极生活》（*Vita ativa oder Vom tätigen Leben*） 120

《剑门道中遇微雨》（陆游） 116

《柬徐寄尘》（秋瑾） 137

《嚼梅吟》（八指头陀）2,21,122

《江城子·别徐州》（苏轼） 144

《江上吟》（李白） 14

《江亭》（杜甫）64,276

《江夏赠韦南陵冰》（李白） 47

《江中诵经》（张说） 136

《将赴吴兴登乐游原》（杜牧） 56

《将进酒》（李白） 40

《今日物理学中的因果律问题》（*Das Kausalproblem in der heutigen*

Physik》(洪谦) 74

《晋书》 153

《晋书·潘尼传》 266

《晋书·张翰传》 35

《景德传灯录》 97,152,229

《九华观废月池》(薛逢) 182

《九十五条论纲》(95 Thesen) 98

《酒谱》(成书于宋仁宗天圣二年,亦即
　　1024 年,窦苹) 174

《救亡决论》(严复) 93

《旧唐书·魏徵传》

《旧约·创世纪》 261

《旧约·撒母耳记下》 261

《绝句》(石懋) 225

《绝句漫兴·九首》(杜甫) 151

K

《卡斯特利奥对抗加尔文》(Castellio
　　gegen Calvin oder Ein Gewissen
　　gegen die Gewalt, Wien 1936,或译:
　　《良知对抗暴力》,茨威格) 166

《开先寺至黄岩寺观瀑记》(袁宏道)
　　256

《康熙字典》 167

《客中作》(李白) 148

《孔乙己》(鲁迅) 90

《口铎日抄》(艾儒略述,李氏记)
　　241,243

《口占绝句》(道潜) 151

《狂人日记》(鲁迅) 281

L

《浪淘沙·疏雨洗天清》(刘剡) 225

《老木蟠风霜》(苏轼的画作) 21

《老子》 26,132,160,233,261,279

《老子化胡经》 208

《楞严经》 53,86,130,190

《离骚》(屈原) 66,257

《离亭宴煞》(马致远) 15

《骊山》(苏轼) 258

《李尔王》(King Lear) 28

《礼记·玉藻》 72

《历历银钩指下生》(Meine Hand malt
　　Worte) 271

《历史三调:作为事件、经历和神话的
　　义和团》(柯文) 238

《历史语言研究所工作之旨趣》(傅斯
　　年) 280

《励学篇》(赵恒) 174

《两当轩集·杂感》(黄景仁) 116

《梁园吟》(李白) 114

《列仙传》 208

《临江仙·梦后楼台高锁》(晏几道)
　　169

《临江仙·送钱穆父》(苏轼) 67

《柳枝词》(郑文宝) 45

《六月二十七日宿硖石》(王国维) 20

《仙侣·八声甘州》(鲜于枢) 35

《论法的精神》(孟德斯鸠) 133

《论诗》(赵翼) 189

《论异端:他们是否应当受迫害》(De
　　haereticis, an sint persequendi, 卡
　　斯特利奥) 166

《论语·季路》 270

《论语·述而》 18,121

《论语·微子》 113

《论语·为政》 214

《论语·学而》 91

《论语·阳货》 171

《论语·雍也》 192,251

《论语·子罕》 66

《论语译注》(杨伯峻) 176

M

《卖子叹》(马卿) 48

《满江红·肮脏尘寰》(秋瑾) 138

《满庭芳·碧水惊秋》(秦观) 258

《毛泽东选集》 103

《孟子·滕文公上》 173

《孟子·尽心上》 107,231

《孟子·离娄》 189

《梦天》(李贺) 143

《秘密》(东野圭吾) 207

《妙法莲华经》 7

《明妃曲》(王安石) 223

《摩诃止观》(智顗) 206

《摸鱼儿·更能消几番风雨》(辛弃疾) 114

《墨子·非儒下》 72

《木兰花》(石孝友) 45

《木兰花令·次欧公西湖韵》(苏轼) 41

《牧歌》(*Bucolica/Eclogues*) 184, 190

《暮春归故山草堂》(钱起) 139

N

《南渡十将传》(章颖) 133

《唐华阳颂》(欧阳修) 263

《南吕一枝花·不伏老》(关汉卿) 87

《南乡子》(苏轼) 135

《尼各马可伦理学》(*Ethica Nicomachea*) 100

《泥洹经》 181

《拟行路难》(鲍照) 14,116

《念奴娇·闹红一舸》(姜夔) 79

《涅槃经》 181

O

《偶成》(洪亮吉) 14

《偶书》(孔平仲) 140

P

《琵琶行》(白居易) 219

《毗奈耶》 191

《平甫见招不欲往》(姜夔) 38

《破邪集》 243

《菩萨蛮》(陈克) 34

《菩萨蛮》(韦庄) 226

Q

《七堂极简物理课》(罗韦利) 61, 62

《遣兴》(袁枚) 43

《千尺幢至百尺峡》(袁宏道) 256

《千秋岁·水边沙外》(秦观) 46

《箧中词》(谭献) 22

《青年必读书》(鲁迅) 203

《庆东原·汨罗阳驿》(赵善庆) 137

《沁园春·孤馆灯青》(苏轼) 60

《沁园春·送春》(刘辰翁) 224

《秋日杂感》(陈子龙) 46

《秋夜独坐》(王维) 261

《曲江》(杜甫) 39,108

《劝学篇》(福泽谕吉) 94

《劝学篇》(张之洞) 95

《群芳谱》(王角晋) 196

R

《人间词话》(王国维) 219

《人类生存条件》(*The Human Condition*)(阿伦特) 120

《人民解放军占领南京》(毛泽东) 73

《人日思归》(薛道衡) 134

《榕村集》(李光地) 124

《如何安度晚年》(罗素) 68

《孺子歌》 189

《瑞鹤仙》(张枢) 195

S

《塞下曲》(常建) 141

《三国演义》(罗贯中) 140

《三闾祠》(查慎行) 18

《山窗新糊有故朝封事稿阅之有感》(林景熙) 154

《山居》(八指头陀) 63

《山坡羊·述怀》(张养浩) 13

《山雨》(翁卷) 17

《尚书》 206

《尚书·武成》 26

《邵氏闻见前录》(邵伯温) 132

《什么是启蒙?》→《回答这个问题：
　什么是启蒙?》　172
《圣教辟邪集》　243
《圣经·德训篇》　125
《圣经·弥迦书》　141
《诗话总龟》(阮阅)　10
《诗集传》(朱熹)　72
《诗经·大雅·生民》　72
《诗经·小雅·鹤鸣》　179
《诗经·小雅·小旻》　192
《17世纪基督教在中国的传教——
　理解、不解和误解》(*Die
christliche China-Mission im 17.
Jahrhundert. Verständnis, Unver-
ständnis, Missverständnis*)(李文潮)
160
《石壁精舍还湖中作》(谢灵运)
148
《石苍舒醉墨堂》(苏轼)　283
《拾遗记》(王嘉)　83
《实践论》(毛泽东)　122
《史学研究经验谈》(余英时)　164
《世界的演变：19世纪史》(*Die
Verwandlung der Welt. Eine
Geschichte des 19. Jahrhunderts*)
128,249,275
《示大儿定徵》(陆稼书)　24
《侍僧八指头陀遗事》　69
《释名·释长幼》　261
《书林逋诗后》(苏轼)　87
《双城记》(*A Tale of Two Cities*)
205
《双调·沉醉东风》(关汉卿)　49
《双调·落梅风》(卢挚)　49
《双调·寿阳曲》(马致远)　50
《水调歌头》(苏轼)　135
《水谷夜行寄子美圣俞》(欧阳修)
119
《水浒传》(施耐庵)　282
《水龙吟》(陈亮)　219
《水仙子》(王九思)　12

《水仙子·讥时》(张鸣善)　19
《水月斋指月录》→《指月录》
《说苑·敬慎》(刘向)　183
《思归·寄东林澈上人》(韦丹)　14
《思归》(赵微明)　48
《死不怖论》(吉藏)　263
《四愁诗》(张衡)　114
《四块玉·风情》(兰楚芳)　40
《四十二章经》　170
《四书》(朱熹)　122
《宋史·李沆传》　84
《送韦城李少府》(张九龄)　48
《送梓州李使君》(王维)　219
《苏幕遮》(范仲淹)　47,134,147
《随园诗话》(袁枚)　9,10,132
《岁暮归南山》(孟浩然)　114

T

《踏莎行》(秦观)　219
《台山怀古》(萨都剌)　232
《坛经·般若品第二》　190
《弹铗歌》(冯谖)　117
《唐宋诗举要》(高步瀛)　223
《桃花扇·余韵》(孔尚任)　144
《题闾门外小寺壁》(寇国宝)　44
《题都城南庄》(崔护)　38
《题胡逸老致虚庵》(黄庭坚)　24
《题米元晖潇湘图》(尤袤)　38
《题破山寺后禅院》(常建)　139
《题西林寺壁》(苏轼)　237
《题义公禅房》(孟浩然)　83
《题元遗山集》(赵翼)　258
《题子瞻枯木》(黄庭坚)　21
《天末怀李白》(杜甫)　257
《听泉》(王禹偁)　258
《听弹琴》(刘长卿)　82
《潼关》(谭嗣同)　244
《图画见闻志》(郭若虚)　27
《途中》(赵汝鐩)　57
《脱亚论》(福泽谕吉)　95

W

《晚晴簃诗汇》(徐世昌)　53

《晚秋悲怀》(李觏)　70

《望岳》(杜甫)　231

《维摩诘所说经》　7,8

《为赫伦乌斯辩护》(*Rhetorica ad Herennium*, 约前80)　269

《为南平王让徐州表》(刘潜)　67

《为女民兵题照》(毛泽东)　137

《为什么读经典》(卡尔维诺)　217

《为学》(彭端淑)　156,157

《沩山警策句释记》(沩山灵佑)　8

《闻黄鹂》(柳宗元)　39

《文录》(唐赓)　17

《文与可画筼筜谷偃竹记》(苏轼)　27

《我杀了他》(东野圭吾)　207

《我是猫》(夏目漱石)　79

《无门关》(无门慧开)　111

《吴宓书信集》　9

《五灯会元》　111,130,222

《吾生》(八指头陀)　11

《武陵春·春晚》(李清照)　45

《悟道诗》　36

X

《西方的历史——从古代的开始到20世纪》(*Geschichte des Westens: Von den Anfängen in der Antike bis zum 20. Jahrhundert*)　28

《西风颂》(Ode to the West Wind, 1819)　103

《西江月》(张孝祥)　176

《西门行》(汉乐府)　283

《西厢记·长亭》(王实甫)　45

《西岩赘语》(申居郧)　180

《悉达多》(*Siddhartha*, 1922, 黑塞)　8,131

《戏为六绝句》(杜甫)　151

《夏日漫书》(黄溍)　82

《夏日南亭怀辛大》(孟浩然)　139

《夏日题灵隐寺》(1876, 八指头陀)　7

《夏意》(苏舜钦)　56

《仙吕·八声甘州》(鲜于枢)　35

《先知·沙与沫》(纪伯伦)　67

《先正读书诀》(周永年)　124

《闲居初夏午睡起》(杨万里)　276

《乡思》(李觏)　136

《向阳院的故事》　196

《潇碧堂集》(袁宏道)　256

《小池》(杨万里)　39

《小窗幽记》(陈继儒)　258

《小松》(杜荀鹤)　138

《薤露》　267

《心经》　136

《新概念英语》(亚历山大、何其莘)　68

《新知识辞典》　202

《新约》　98

《新约·路加福音》　181

《新约·提摩太前书》　183

《辛丑十一月十九日既与子由别于郑州西门之外》(苏轼)　91

《行路难·缚虎手》(贺铸)　117

《行路难》(李白)　114

《行路难》(刘永锡)　186

《宣州谢朓楼饯别校书叔云》(李白)　47

《学界的三魂》(1926, 鲁迅)　16

《学省愁卧》(沈约)　182

《学有专攻深造之法》(唐彪)　10

《雪莱诗选》　103

《荀子·非相》　17

Y

《亚里士多德全集》　100

《言志》(唐寅)　88

《颜李遗书·颜习斋先生年谱》(李塨纂、王源)　84

《宴胡楚真禁所》(陈子昂)　19

《晏子春秋》　165

《阳关曲·中秋月》(苏轼) 91

《耶鲁大学公开课：死亡》(卡根)
262,264

《野步》(赵翼) 146

《野望》(翁卷) 58

《夜泊水村》(陆游) 267

《夜深》(周弼) 81

《谒金门》(赵彦端) 44

《谒金门》(张元幹) 45

《一块银元》 202

《1949 礼赞》(杨儒宾) 153

《遗书》(程颐) 282

《乙亥岁除渔梁村》(黄公度) 146

《以学术为志业》(韦伯) 106

《忆四明山水四首并记》(八指头陀)
84

《忆扬州》(徐凝) 141

《佚题》(玄览) 244

《饮酒》(陶渊明) 175

《瀛寰志略》(徐继畬) 92

《咏怀》(庾信) 226

《咏史》(龚自珍) 117

《咏史诗》(左思) 81,106

《幽梦影》(张潮) 12,21,27,38,56,
59,108,109,236

《邮亭残花》(徐熥) 140

《游梅仙山和唐人韵》(萨都剌) 81

《游子夜歌》(Wanderers Nachtlied,
1780) 51,52

《於潜僧绿筠轩》(苏轼) 41

《迂叟诗话》(司马光) 40

《虞美人》(李煜) 46

《虞美人》(苏轼) 45

《虞美人·无聊》(陈维崧) 153

《渔家傲》(范仲淹) 145

《与李布政彦硕冯金宪景阳对饮》
(王越) 235

《玉楼春》(李煜) 268

《玉楼春》(刘因) 283

《玉楼春》(周邦彦) 151

《玉树后庭花》(陈后主) 150

《狱中上梁王书》(邹阳) 22

《月下独酌》(李白) 108,120

《越调·凭阑人》(姚燧) 50

《阅微草堂笔记》(纪昀) 61

Z

《再过露筋祠》(王士祯) 281

《赠日本僧智藏》(刘禹锡) 237

《赠善相程杰》(苏轼) 132

《赠燕》(李晏) 142

《赠仰大师》(张乔) 84

《增广贤文》 11

《查初白十二种诗评》(查慎行)
132

《斋中偶题》(袁宏道) 15

《张文襄幕府纪闻》(辜鸿铭) 209

《招隐诗》(左思) 82

《诏问山中何所有赋诗以答》(陶弘
景) 8

《鹧鸪天·家住苍烟落照间》(陆游)
276

《鹧鸪天·酬孝峙》(钱继章) 79

《鹧鸪天·祖国沉沦感不禁》(秋瑾)
137

《真理与方法》(伽达默尔) 163

《征服全世界：1415—2015 年间欧洲
扩张的全球史》(*Die Unterwer fung
der Welt. Globalgeschichte der
europäischen Expansion 1415—
2015*) 249

《正官·黑漆弩·农夫渴雨》(冯
子振) 57

《枳橘易土集》(慧晈) 165

《"只有中国人理解中国?"》(顾彬)
164

《指月录》(瞿汝稷) 177

《中国的美学和文学理论》(卜松山)
180

《中国人》(林语堂) 9

《中吕·山坡羊》 15

《中吕·醉高歌·感怀》(姚燧) 35

《中论》 190

《中庸章句》(朱熹) 187

《种麻篇》(何景明) 172

《种桃杏·无论海角与天涯》(白居
　　易) 229

《周礼·保氏》 204

《周易》 257

《轴心时期的儒家伦理》(罗哲海)
　　121

《朱子语类》(黎靖德) 184

《竹窗二笔》(云栖袾宏) 64

《竹亭短歌赠王贻上》(施闰章)
　　277

《竹枝词》(刘禹锡) 232

《庄子·庖丁解牛》 27,230

《庄子·齐物论》 162

《庄子·秋水》 186

《庄子·天下篇》 261

《资治通鉴》(司马光) 25,196

《子夜秋歌》(李白) 188

《紫薇杂说》(吕本中) 150

《字贯》(王锡侯) 167

《字谕纪鸿儿》(曾国藩) 193

《自述词》(贾岛) 10

《最愚蠢的一代》(*The Dumbest
　　Generation: How the Digital Age
　　Stupefies Young Americans and
　　Jeopardizes Our Future (Or,
　　Don't Trust Anyone Under 30)*,
　　2008) 283

《"醉眼"中的朦胧》(鲁迅) 115

《左传·成公四年》 223

《左传·襄公八年》 66

《左传·襄公九年》 18